新世纪作家文丛
第七辑

沉默

包倬 著

长江出版传媒　长江文艺出版社

《新世纪作家文丛》编委会

顾　　问：李敬泽（中国作协副主席）

阎晶明（中国作协副主席）

吴义勤（中国作协书记处书记）

贺绍俊（沈阳师范大学中国文化与文学研究所副所长）

施战军（《人民文学》主编）

策　　划：尹志勇　黄　嗣　阳继波

名誉主编：白　烨（中国社会科学院文学研究所研究员）

主　　编：邱华栋（中国作协书记处书记）

徐则臣（《人民文学》副主编）

"新世纪作家文丛"总序

白 烨

摆在读者诸君面前的,是长江文艺出版社接续着"跨世纪文丛",新推出的"新世纪作家文丛"。

在20世纪的1992年至2002年间,长江文艺出版社聘请资深文学评论家陈骏涛,主编了"跨世纪文丛",先后推出了7辑,出版了67种当代作家的作品精选集。因为编选精当、连续出书,也因为是一个在特殊时期的特殊文学行动,"跨世纪文丛"遂成为世纪之交当代文坛引人注目的重要事件。当时,主编陈骏涛在《"跨世纪文丛"缘起》中说道:"'跨世纪文丛'正是在新旧世纪之交诞生的。她将融汇20世纪文学,特别是80年代以来中国文学变异的新成果,继往开来,为开创21世纪中国文学的新格局,贡献出自己一份绵薄之力,她将昭示着新世纪文学的曙光!"这在当时看来实属豪言壮语的话,实际上都由后来的文学事实基本印证了。"跨世纪文丛"出满67本,已是21世纪初的头两年。《中华读书报》曾经在一篇文章中这样写道:"在新世纪的钟声即将敲响的时候,它暂时为自己画上了一个圆满的句号。这套文丛创始于7年以前的1992年,其时正值纯文学图书处于低迷时期,为了给纯文学寻求市场、为纯文学的发展探路,陈骏涛与出版家联手创办了这套旨在扶持纯文学的丛书。丛书汇聚了国内众多名家和新秀的文学创作成果,王蒙、贾平凹、莫言、梁晓声、韩少功、刘震云、余华、池莉、周梅森等59位作家均曾以自己的名篇新作先后加入了文丛。几年来,这套丛书坚持高品位、高档次,又充分考虑到读者的阅读需求和阅读期待,为纯文学图书闯出了一个品牌。"这样的一个说法,客观允当,符合实际。

也正是自1992年起,在邓小平南方谈话精神的强劲指引下,国家与社会的改革开放,加大了力度,加快了步伐,社会生活真正开始以经济建设为中心,经济建设以市场秩序的确立为重心。社会生活的这种历史性演变,对于未曾接受过市场洗礼的当代文学来说,构成了极大的冲击与严峻的挑战。提高与普及的不同路向,严肃与通俗的不同取向,常常以二元对立的方式相互博弈。正是在这种日趋复杂的社会文化背景之下,以严肃文学的中青年作家为主要阵容,以他们的代表性作品为基本内容的"跨世纪文丛",就显得极为特别,格外地引人关注。究其原因,这既在于"跨世纪文丛"不仅以高规格、大规模的系列作品选本,向人们展示了当代作家坚守严肃文学理想和坚持严肃文学写作的丰硕收获，还在于"跨世纪文丛"以走近读者、贴近市场的方式，给严肃文学注入了生气、增添了活力，使得正在方兴未艾的文学图书市场没有失去应有的平衡，也给坚守严肃文学和喜欢严肃文学的人们增强了一定的自信。

大约是在20世纪90年代中期，在"跨世纪文丛"出满5辑之际，我曾以《"跨世纪文丛"：九十年代一大文学奇观》为题，撰写了一篇书评文章。我在文章中指出："跨世纪文丛"是张扬纯文学写作的引人举措，而且"有点也有面地反映了80年代以来文学发展演进的现状与走向。在纯文学日益被俗文化淹没的年代，这样一套高规格、大规模的文学选本不仅脱颖而出，而且坚持不懈地批量出书，确乎是90年代的一大文学景观"。我在文章的末尾还这样期望道："热切地希望'跨世纪文丛'坚持不懈地走下去，并把自己所营造的90年代的文学景观带入21世纪。"

好像是冥冥之中的一种缘分，我当年所抱以期望的事情，现在正好落在了我的身上。

因为种种原因，"跨世纪文丛"在文学进入新世纪之后，未能继续编辑和出版，因而渐渐地淡出了读者视野与图书市场。约在2014年岁末，在新世纪文学即将进入第十五个年头之际，长江文艺出版社决意重新启动这套大型文学丛书，并希望由我来接替因年龄和身体的原因很难承担繁重的主编事务的陈骏涛先生。无论是出于对于当代文学事业的热爱，还是出于对于长江文艺出版社的敬重，抑或是与亦师亦友的陈骏涛先生的情意，我都盛情难却，不能推辞。于是，只好挑起这付沉甸甸的重担，把陈骏涛先生和长江文艺出版社共同开创的这份重要的编辑事业继续下去。

2015年1月7日，在北京春节图书订货会期间，长江文艺出版社借着举办《中国年度文学作品精选丛书》出版20周年座谈会，正式宣布启动大型重点出版项目——"新世纪作家文丛"。由此开始，我也进入了该套文丛的选题策划和作者遴选的准备工作。当时的"新浪·文化"就此报道说："面对新的文化格局、新的文学现象，出版人仍然应该'有自己的事情要做'。'跨世纪'有跨世纪的机缘，新世纪同样有着它的使命召唤。在一片喧扰之中，一大批严肃的理想主义文学者，仍然怀揣着圣洁的执著，身负着难以想象的重压蹒跚而行，出版人当然没有理由旁而观之。这正是《新世纪作家文丛》的缘起。"

经与长江文艺出版社的社长刘学明、总编尹志勇、项目负责人康志刚几位多次沟通和商议，我们大致达成了以下一些基本共识：一、新的丛书系列以"新世纪作家文丛"命名，即以此表示所选对象——作家作品的时代属性，又以此显现新的丛书与"跨世纪文丛"的内在勾连与历史渊源；二、计划在5年时间左右，推出50~60位当代实力派作家的作品精选集，每辑以8~10位作家的作品集为宜；在编选方式上，参照"跨世纪文丛"的原有体例，作品主要遴选代表作，并在作品之外酌收评论文章、创作要目等，以增强作品集的学术含量，以给读者、研究者提供读解作家作品的更多资讯。

事实上，文学在进入新世纪之后，在社会与文化的诸种因素与元素的合力推导之下，越来越表现出一种史无前例的分化与泛化，创作形态也呈现出前所少有的多元与多样。文学与文坛，较前明显地发生了结构性的巨大变异，我曾在多篇文章中把这种新的文学结构称之为"三分天下"，即以文学期刊为阵地的传统型文学（严肃文学）；以市场运作为手段的大众化文学（通俗文学）；以网络科技为平台的新媒体文学（网络文学）。在这样一个有如经济新常态的文学新生态中，严肃文学的生存与发展，传统文学的坚守与拓进，就显得十分重要并具有非同寻常的意义。因为这一文学板块的运作情形，不只表明了严肃文学的存活状况，而且标志着严肃文学应有的艺术高度，这也在一定程度上影响和引领着整体文学的基本走向。而就在与各种通俗性的、类型化的不同观念与取向的同场竞技中，严肃文学不断突破重围，一直与时俱进；一些作家进而脱颖而出，一些作品更加彰显出来，而且同90年代时期相比，在民族性与世界性、本土性与现代性等方面，都更具新世纪的时代特点和新时代的审美风貌。即以最为显见的重要文学奖项来说，莫言获取2012年度诺贝尔文学奖的殊荣自不待说；近几届的茅盾文学奖、鲁迅文学奖，不少出自"60后"和"70后"的作家频频获奖、不断问鼎，获奖作者的年轻化使得文学奖项更显青春，文学新人们也由此显示出他们蓬勃的创造力与强劲的竞争力。这一切，都给我们的"新世纪作家文丛"的持续运作，提供了丰富不竭的资讯参照，搭建了活跃不羁的文学舞台。

我们期望，藉由这套"新世纪作家文丛"，经由众多实力派作家姹紫嫣红的创作成果，能对新世纪文学做一个以点带面的巡礼，也经由这样的多方协力的精心淘选，对新世纪文学以来的作家作品给以一定程度的"经典化"，并让这些有蕴含、有品质的作家作品，走向更多的读者，进入文学的生活，由此也对当代文学事业的繁荣与发展，乃至对社会主义精神文明建设，奉上我们的一份心力，作出自己的一份贡献。

我们将为此而不懈努力，也为此而热切期盼！

2015年8月8日于北京朝内

目录 —— Contents

001 沉　默

076 猛　犸

136 双蛇记

204 现在,是某个故事的开篇 / 王朝军

210 创作年表

沉　默

一

阿尼卡山区的春末,布谷鸟站在树梢,张开嘴,吐出一粒粒金色的种子。它的叫声,是种子落地的声音。

每个周日的早晨,我和哥哥阿隆索躺在床上,对布谷鸟竭尽想象。

"我的布谷鸟,浑身长满红色的羽毛,嘴和爪子也是红色。它下红色的蛋,喝草尖的露水。"

"我的布谷鸟,不是在催人们播种,而是在给丛林里的鸟兽放哨。你听,现在,它正在告诉鸟兽们,有人扛枪进山了,是一老一少两个猎人。"

"我的布谷鸟,它能在夜里看见东西,它只喝风,从来不吃人间的东西,它的家在天上。"

"我的布谷鸟,春天时从土里长出来,到了秋天,它像一片树叶落在地上,变成泥土。下一个春天,那泥土又变成鸟,飞上树梢。"

由此不难看出,在我们兄弟俩的心里,都有属于自己的布谷鸟。我们刻意争执不下,又很快和解,我们的目的不是要统一认识,而是以此打发这难得的幸福时刻。因为除此之外的周一到周六,我们需要背着书包走七公里山路去上学。虽然在路上也能听到布谷鸟叫,可我们阿尼卡人都相信,清晨发生的事情,具有某种神性。

那时候,人们说起阿尼卡,就像说起天堂或地狱——听说过,未必去过。我的祖先们避难而来,是阿尼卡的初建者。他们恨不能生活在四面绝壁之上,连鸟兽也难以抵达。但是,这样的地方过于难寻,所以他们只能选择有一条小路通往山下的,鸟兽横行的阿尼卡。对于外面的人来说,阿尼卡就是一个地名,但对我们来说,它就是整个世界。

这里有很多稀奇古怪的说法。正月十二日不下地,因为那日灯花落地(啥是灯花,没人深究)。立秋之日不下地,因为怕踩爆了秋的肚子。遇见别人家孩子出生,要撕开裤脚。天黑时要装满水桶,以备灵魂夜游回来喝。不能在夜里打伞,这样会长不高。夜里照镜子,母亲死时你注定在远方。穿一只鞋子走路,走一步,穷一年……关于一年中最初听见的布谷鸟的叫声,它同样带着某种启示:如果你在地里听见,预示着辛劳;如果你在床上听见,预示着疾病缠身。

我父亲当然希望布谷鸟叫时,我和阿隆索正在学习。那时我九岁,阿隆索十二岁。十二是个特别的数字,不光是因为它比九大,还因为它意味着阿隆索在人间生活了一个周期以后,和像我这样大的孩子拉开了距离,正在走向成年人的队列。我父亲说,在古代,有人十二岁就已经当皇帝啦。即便不当皇帝,也可以娶媳妇啦。

所以,每到春天,我们都会被迫早起,赶在布谷鸟叫之前,在院子里的桃树下摇头晃脑读古诗,等待山林里传来布谷鸟的叫声。布谷,布谷,白日依山尽,黄河入海流。布谷,布谷,北极朝廷终不改,西山寇盗莫相侵。布谷,布谷……我父亲满意地看着两个儿子读古诗,忘记了肩上的粪桶或锄头,忘记了他的魔帕身份。因为只上过二十一天学,他靠《新华字典》学会了几百个汉字。他不无炫耀地在我家房子的外墙上用石灰或木炭写满了《沁园春·雪》和《浪淘沙·北戴河》。家里仅有的几本书,摆在客厅最显眼的位置。每当有人来,他总要拿起那些书,给人读几段。有时候是《中医中草药大全》,

有时候是《玉匣记》,甚至是《风水大全》或《三侠五义》。至于那些写在毡片上的经文,它们被裹成筒状,当了枕头。

我父亲是个少见的洋洋自得的人。他毫不怀疑自己是个成功者,至少在阿尼卡是。鹤立鸡群。羊圈里的毛驴。如果非得说他的遗憾,那就是他觉得自己没有在更广大的天地中受人尊重。这个任务,只能交给我和阿隆索了。更准确地说,是交给了阿隆索。至于我嘛,如同阿尼卡人所说,和阿隆索像是两个妈生的。我们如同一根树干上的两根枝丫,一根茁壮,一根纤细。

有很多事情是无法改变的。我不止一次想象过某天外面来一个男人,说我是他儿子,将我带到更好的生活中去。但是很抱歉,我就是眼前这个暴脾气魔帕的儿子,这无法改变。又比如说阿隆索,他完美得像个天使,完美得让人惋惜他出生在阿尼卡,成为了我父亲的儿子。他还不会说话时,被人赞美长得好看;会说话了,大家夸他口齿伶俐;尚未入学,他已经展现出良好的天赋,过目不忘,过耳入心;在学校,他因为学习好而赢得了老师和同学的尊重;在家里,他力所能及地干活。

跟他相比,我真是无地自容。我和这个世界有一种无形的隔膜,总感觉自己被一个罩子罩住了,呼吸、走路、说话,都泛着愚蠢的回声。这种笼罩感越来越明显,触手可及。有时候,他们跟我说话,我半天才反应过来。我经常神游,注意力总是处于一种倾斜状态,一不留神就滑向了某些莫名的事物当中。父亲怒其不争地在某个时刻一声暴喝,我猛地惊醒,在恐惧和茫然之中应答一声。然后,父亲一声长叹,我无地自容。那时我觉得,总有一天,我脑袋里那根绷紧的弦,会断掉。有客人来的时候,父亲让阿隆索背古诗,写字,而让我去外面割草或者拾粪。如果有人故意提起我,我父亲就会用一种混合了无奈与戏谑的语气说,唉,那个神仙啊,在跟自己玩呢。

"小神仙",他们都这么叫我。久而久之,我父亲真的做出了决定,让我做魔帕的继承人。他让我接触经书,试着做人鬼神之间的使者。他口传心授,教我念驱魔咒和招魂咒。一字一句,一段一篇,我们花掉若干时间,但当他让我背诵时,我大张着嘴。仿佛我的嘴是一个无底洞,那些咒语像石头一样全掉下去了。

"我都会背几句了。"有次我母亲说。

她真的背了招魂咒的前四句,我羞愧不已。而阿隆索,他张嘴就背了出来,并且对这些咒语表示出不屑。果然,我父亲对他说,背课文去吧,只有阿隆嘎才需要背咒语。

夏天,阿隆索就要升学了。这事毫无悬念。我们都已做好了准备。春节的时候,阿隆索有了第一双黑皮鞋。我父亲说,城里人都穿成这样。我母亲为他准备了带拉链的被套,以及印着牡丹花的床单,还有柳絮枕头。圈里的母猪已经怀孕,它产下的猪崽,将作为阿隆索的学费和生活费。总之,万事俱备,只等春节学期结束,一场考试后,一张县城中学的红色录取通知书就会由绿色的邮递员送达。

当然,他们偶尔也会想起我,敦促我背经文,画符,甚至讲起做一名魔帕的好处:受人尊重,不愁吃喝。至于学习,则变成了业余。

"这是你唯一的出路了,所以你得认真学经文和咒语,"我父亲说,"至于你哥哥,他已经一只脚踏进了县城。"

"嗯。"我的回答永远是带着鼻音,像是在用一块石头敲击水缸。

但是,别以为父母会因为阿隆索聪明听话就优待他。恰恰相反。他们对阿隆索更严厉。他们认为,这样有助于他成为更好的人。也别以为他们因为已为我规划好未来的路而会对我变得宽松一点。他们认为对我严厉就是最大限度的挽救。

只有在休息日,我们才可以多睡一个小时。有一只上海牌手表放在床头柜上。那秒针像小皮鞭落在我们身上,但我经常把那声音想象成雨点。嚓嚓嚓,雨点落在瓦片上,落在植物的叶子上,落在炊烟上,落在井沿上。这个时候,别说是秒针,就是一门大炮,也轰不醒我们。唯一能让我们暴跳而起的,是我们父亲的吼声。

事情发生的那个周日,毫无征兆。我父母既没有做噩梦,也没有在路上遇见蛇,屋里屋外更没有令人毛骨悚然的异响。但事情还是发生了,起初我们都不觉得这是个事儿。

布谷鸟在山林里叫成一片。我父亲在外面敲窗。阳光从窗外射进来。我应声而起,我的哥哥阿隆索,他却一动不动地躺在床上。其时,我们的父亲正在院子里为一匹白马剪鬃,他的声音炸雷般响起,透过窗,在卧室里回声隆隆。

我穿好衣服,朝阿隆索走去。我们的床在同一间屋里,相距不过一米。他的鼻子里发出均匀的呼吸。温暖而瘦薄的胸腔里,他的心脏小兽般地跳动着。额头没有发热。也就是说,他既没有死,也没有病,但就是一动不动地躺着,任凭布谷鸟和父亲叫喊。

我说,哥,起床了,今天不上学,但你还要背课文呢。

他背对着我,消瘦的肩膀随着呼吸起伏,脑袋深埋在被子里,像一只鸵鸟露出整个屁股。我扳过他的身子,让他面对我,我想看看他的表情。他眼睛睁开一条缝,像是貌视。我掰开他的眼睛,他转动了一圈眼球,又闭上了。

你聋了吗?我瓮声瓮气地说,你是不是想吃马鞭子了?

此时,院子里传来我父亲扔下大剪刀的声音。但他暂时还没有进来,而是牵着白马出去了。他是个爱马之人,他的白马简直就是阿尼卡的白马王子。等他回来,定会有阿隆索好受的。

你起来学习吧,我说,我要去拾粪了,中午帮妈割麦子。

阿隆索终于睁开了眼睛。他的脸和目光,没有任何神采。特别是他的目光,甚至比不上一对玻璃珠子闪亮。但我相信他明白我的话。我不想因他而受牵连。这样的事发生过很多次,父亲原本是揍阿隆索,但我在一旁观看,一不小心就引火烧身。似乎打一个孩子太浪费他的精力,两个一起揍才够本。孩子嘛,总是需要揍的。今天不需要,明天也需要,今天把明天的提前揍,明天再算昨天的账,都差不多。

我不管你了,我说,我不想看你被揍,免得火星飞到我身上。

休息日多睡一个小时是福利,但义务是要帮家里干活。我们有干不完的活。忙里忙外,每个人都忙得鸡飞狗跳,但到了年底,楼上的粮食只能勉强维持到来年的庄稼成熟,年底只能换一身新衣服。我母亲每天顶着星星上山,割草、砍柴、挖草药、采蕨苔、采蘑菇。我父亲则是照顾家里的牲畜和下地,偶尔帮阿尼卡人迎神送鬼,叫魂念经。布谷鸟叫,人们该播种了。但我干不了这活,我只能去路上拾粪或给圈里的黄牛割些青草。这个季节,家里需要有一头膘肥体壮的耕牛。

果然如我所料。我父亲折回院子时,迅速找到了马鞭。我干活去了,我说。他没有理我,大步朝屋里走去。我赶紧逃。但是,我走出十几步远便停下了,因为我没有听到阿隆索的惨叫声。

我听见的是父亲声嘶力竭的吼叫和马鞭落在皮肉上的声音,但就是没听见阿隆索哭。任何声音都没有从他嘴里发出。他像个哑巴,甚至比不上一个哑巴,像个树桩。

他被父亲拎到了院子里。他很瘦弱,像只冬天的山羊。他站在院子里,穿着一条改小的红内裤,两只细腿呈三十度角支撑着他的身子。他的头发紧贴在头皮上,脏兮兮的,像一块被风雨侵蚀已久的瓦片。鞭子每抽一下,他的瘦身板就颤抖一下。

为啥子要睡懒觉?啊?你居然敢不说话?你哑巴啦?

鞭子抽上去,阿隆索身上的肌肉先是呈青色,继而变成红色,似乎能看见流动的血液了。但他始终不说一句话。我站在一旁瑟瑟发抖,早已忘记了拿在手上的镰刀。直到父亲朝我吼叫,我才如梦初醒。

他说,找绳子,把这个杂种绑起来。

他见我未动,便亲自动手找来绳子,将阿隆索绑在了桃树上。这个情景,让我想起小画册上的死刑犯。只是,阿隆索的背后少了一块牌子。

布谷鸟又叫了起来。它们似乎一直在叫。此刻,被绑在桃树上的阿隆索闭上了眼睛,像个不屈的英雄。太阳明晃晃地照着院子,桃花已经开过,满树绿芽新蕊。我父亲坐在屋檐下,他卷了一支旱烟,点燃,吐出一团浓烟,像一台老旧的拖拉机。马鞭就在他的手边。这时,我母亲背着一背小山似的茅草,闯进院子来。她一眼就看见了阿隆索,显然是吓坏了,丢下草就朝他扑了过去。

站住!我父亲吼道,谁敢放他下来,我就把谁绑上去。

我母亲站住,哭了起来。她除了哭,她还能怎样?她和阿尼卡的其他母亲一样,在家里没地位,朴素的心里装着传统思想,三从四德,嫁鸡随鸡,一辈子活得像棵野草。

你想把他打死煮了吃吗?她哭着问,我们就两个儿子,你还嫌多?我父亲继续抽烟,懒得搭理她。我母亲转头问我,咋回事?我说,我哥睡懒觉,不说话。

在早睡早起这件事上,我父母的意见一致。他们认为,小孩子是八九点钟的太阳,要迎着朝阳生长。所以,当我母亲知道阿隆索是因为睡懒觉挨揍时,松了口气,将她的茅草丢进了圈里,才找了一条长凳子,在阿隆索面前坐下。

"阿隆索,你是不是哪里不舒服?如果是生病了,妈妈带你去打针。"

阿隆索一言不发,甚至连眼皮都不睁开。他也不挣扎,像一只已经认命的大闸蟹。

"有啥事,你跟妈讲",她抹着眼泪说,"妈的狗儿呀,你不能这样自讨苦吃。"

我母亲徒劳地抹着眼泪。我父亲抽完烟,将马鞭挂到墙上,双手抱在胸前,一脸嘲讽地看我母亲——此时的她,像是在对着一个石头说话。

"阿隆索,你说话呀,不管你说啥,你只要说一句,妈就给你煮个鸡蛋。一个不够,那就两个。最近那只黄母鸡天天下蛋,妈已经攒下一篮子了。"

有一阵子,阿隆索睁开眼睛,看了看天,也许还听了听布谷鸟叫,又闭上眼,将头靠在了桃树上。我的父母相互看看,终于换了一个角度想问题——难道阿隆索真的出事了?

"家族里有没有哑巴鬼?"我母亲低声问。

我父亲回答得斩钉截铁,没有。但是身为魔帕,他不得不认真考虑我母亲的话。他闭上眼睛,想了半天,然后再次确认:

"没有哑巴,倒是有很多能说会道的人。"

话虽如此,但我父亲的神色凝重起来。就阿尼卡人的习惯,超出他们认知范围的事物,就属于鬼神。这种不确定的担忧,让他暂时收起了怒火。

我父亲将他从树上放了下来,我母亲找来衣服给他穿上。他像一只受伤的野狗,一瘸一拐地走向牛圈,牵着耕牛出门了。

父母让我跟着他,我照做了。他将牛牵到了草地上,放开,对着旁边的一棵松树撒了一泡尿。他的尿又长又黄,憋太久了。回过头,得意地朝我笑了笑。那是一种胜利者的笑。

我说,哥,你搞啥子鬼,白挨了一顿揍,舒服不?

他不说话。

我说,哥,你是不是被鬼缠身了?

他仍然不说话,目光投向了阿尼卡寨子。地里有人割麦,犁地,播种,将白色的地膜一条条铺开。炊烟从屋顶升起,又被风吹散。我相信他也看到了这些,但我不知道他心里在想什么。

这是一九九三年农历三月二十日。我们全家人都记得这一天。

二

我们将牛羊赶到狮子崖。阿隆索一路沉默着,将一块拳头大小的石头从家门口一直踢到了狮子崖。然后他退后两步,猛地一脚扫射,那石头便飞下山崖。牛羊铺满了山岗,在枯草中挑拣着嫩芽。我和阿隆索坐在崖边的一块巨石上,相对无语。若是往常,我们的第一个游戏一定是朝狮子崖对面的豹子崖喊叫,让声音反弹回来,回声隆隆。想起这些,我的舌根发痒,坐不住了。

我朝豹子崖喊:喂——,我是阿隆嘎,你听得见吗?

豹子崖回应:听得见吗?

我又喊:听不见!

豹子崖回应:不见!

……

阿隆索躺在石头上,用外衣蒙住脑袋。我不知道他是否在睡觉,也不敢去揭开他的衣服。我开始唱歌。像我这么愚笨的人,当然唱不好歌。我唱着唱着就忘了词,开始乱编。我以为阿隆索会笑,但是没有。没辙了,我只好发出一声惊叫,"快看,三脚麂子。"

阿隆索翻身坐起,掀开头上的衣服,意识到被骗后,又倒头睡下。

阿尼卡的人都说,狮子崖附近有只三脚麂子。它在一次围猎中被打断一条腿,从此隐匿于山林中。真正见过它的人,都已作古。一年之中,总会有几个夜晚,人们会听到它的叫声,然后,没过几天便会有人死去。人们毫不怀疑,那是一只成仙通灵的动物。但人们已经好几年没有听到它的叫声了。甚至有人怀疑,它是否还活着。

狮子崖的峭壁上,有个洞名叫狮子洞。站在豹子崖上看狮子洞,它像一张巨大的嘴。每次放牧到狮子崖,我都会想起我爷爷阿拉洛。关于祖先们的一些故事,都出自我父亲之口。温暖的火塘边,烈酒灼心,舌头翻滚,我父亲一遍遍向我们提及祖先故事。他在讲述时,时而充满自豪,时而满面忧伤。不光如此,大约在一个月前,我父亲决定将他脑袋里那些关于祖先的事迹以文字的形式保留下来。由他口述,阿隆索执笔。他早就想这么干了吧,连笔记本和钢笔都准备好了。他讲了一通水有源树有根之类的话,又夸张阿隆索字写得好,这事只能由他来干。当然,他也没忘记顺便刺激一下我。

"至于阿隆嘎,放他的牛去吧。"

"写啥?"阿隆索面对空白纸张,似乎有点紧张。

"家谱。"我父亲说,"写大点,正规点。"

于是，阿隆索写了两个鸡蛋大的字。此后的一段时间，每当阿隆索做完了作业，我父亲都会让他记上一段家谱。通常是我父亲讲述，阿隆索记录，有不懂的地方，他随时可以提问。当他们有时候在堂屋里写家谱时，我则被赶到厨房里背诵经文和咒语。

"你不说话，那家谱怎么办？"

那真是超级无趣的一天。阿隆索一言不发。他紧闭着嘴，将所有话语关在肚子里。我找了好多话题，仍然连他的一个屁都引不出来。我过问家谱，纯属没话找话，换来的同样是他的沉默。

"既然你要赌气，那我也不说话了。"我说。

我们两个沉默的人，面对牛和羊，面对满山的草木，各行其是，像两个影子。我们在比赛谁最先开口说话，就像我们在河里游泳时，扎下猛子，看谁先浮出水面。那时，我第一次发现，话语是活的，它们在我的肚子里像沸腾的水，冒着泡，发出咕噜声。我甚至听到了自己吞咽唾沫的声音，那不是因为我馋了，而是想说话。我脑袋里挤满了各种话语，它们你推我搡，挤挤挨挨，都想从我的嘴里蹦跶而出。

"啊！"我终于憋不住了，大叫一声，认输。一个人自言自语。尽管这样看起来像个神经病，但心里好受多了。

"算你狠，"我对阿隆索说，"有本事你一辈子不说话。"

那天晚上，我和父母达成了默契——不应该太在意阿隆索不说话这件事了。我们的方法是:相互之间找各种话题来讲,唯独不理阿隆索。我父亲为了表示对阿隆索的失望,假装重新燃起了对我的希望。他甚至找出了那个笔记本,让我看上面的内容。

"家谱已经写完,"他说,"你也应该看看,毕竟你也是他们的后人。不认识的字,自己去查字典。"

他们确实在笔记本里写下了密密麻麻的人和事。我的阅读,始于配合父亲对阿隆索的激将。那些未曾谋面却和我血脉相连的祖先,他们的一生化为文字,躺在笔记本的蓝色横格间,很亲切。如今,那本写下了祖先故事的笔记本早已不知去向。记忆也未必真的可靠。但我只能固执地认为,我所记住的,便是真实发生过,并被记录下来的。

没有人对那个叫虫圆的地方存有印象,它真正变成了文字,一个符号而已。我们的祖先从虫圆来。当然,他们不是虫圆冒出来的两朵蘑菇,一朵公,一朵母。他们从另一个地方来到虫圆,但那是更久远的故事,久远得即使被刻在石头上,也已经风化,甚至连石头都已消失。

我们的祖先从虫圆来到阿尼卡。抹去时间的水汽,祖先的面目从家谱里清晰起来。现在,我终于明白父亲经常挂在嘴上的一句话"我们这家人"。他的言下之意,我们这家人和别人不一样。因为我们是最早来到阿尼卡的人。没有我的祖先阿德鲁,就没阿尼卡。是他为这片土地命了名,阿尼卡的意思是,"我要这片土地"。

他要这片土地,却没有那么简单。他首先要和野兽割据地盘。他从虫圆来,一路披荆斩棘。他腰间的刀上污迹斑斑,那是野兽的血和树木荆棘的苦汁。除了刀,他还带着弩、火镰、盐、五谷杂粮的种子和女人。他的女人已有身孕,她此前属于另一个贵族少爷。这是一个爱情故事。

在树木密集的平地上,祖先阿德鲁安顿好妻子,动手砍下树木,花一个上午便搭建好了棚屋。飞禽走兽先是围观,然后四散开去,然后约来更多伙伴,瞪着愤怒的双眼,看他生火、张弓打猎、剥皮、烤肉、分食,它们一副隔岸观火的样子。夜里篝火不灭,狼的眼睛在四周闪着绿光,手电筒一般。

那样的情况,比《创世记》里的描述好不了多少。虽说有了男女,却没有那样一个神说要什么就有什么。他们是自己的上帝。拓荒、引水、播种,在庄稼收获之前,他们只能靠野菜和野兽为生。这一章节并不复杂,简单说就是,明洪武年间,一对青年男女私奔到深山密林,建立了一个村寨。但我可以想象祖先阿德鲁在莽莽群山密林中,与鸟兽争夺地盘时的艰辛。我父亲是对的,就凭这一点,他也值得我们去铭记。

冬天发生了两件事,一是祖先阿德鲁喜得一子,取名阿俄吉,二是有人来到了阿尼卡。那是一家三口,逃荒之人。他们吃了阿德鲁的兔子肉和野菜粥,千恩万谢离去。十天后,阿德鲁听到丛林里响起树木倒下的声音。他持弩挎刀前往,惊呆了。

山林里有几十个人在砍树搭棚。

跟阿德鲁相比,他们明显是有备而来。除了砍树的成年人,还有老人统领着孩子,女人在采摘野菜。他们带来了锅碗瓢盆,农具,家畜。总之,他们举家而来。

"谁让你们来的?"阿德鲁急了。

"我们自己来的。"有个正在砍树的人回答。

"这是……"阿德鲁顿了顿说,"这是阿尼卡,我取的名字。"

阿德鲁想说这是他的地盘。但他很快意识到这话不对,这是无主之地。他一口气跑回家里,拿出草绳将家附近一公里地盘围了起来。

"够了,"他说,"有这块地盘,够子孙后代耕种了。"

这样的场景,让人想到一群蚂蚁在啃噬蛋糕。谁勤劳,谁强壮,就可以占据更多的地盘。还有人在陆陆续续赶来。作为最早来到阿尼卡的人,每一棵树木的倒下,每一寸土地的开垦都令阿德鲁心痛。别人不会有这样的感觉,唯独他,把树木和土地当成了自己的身体。

第一场械斗发生在一年以后,发生在普和赵二姓之间。一个普姓之人某天早晨发现家门前有只受伤的麂子，顺理成章抬回家去煮了。尚不待肉熟，赵姓族人中的年轻力壮者便循着血迹找上门来。这不是一只麂子的事，他们认为是两个家族的尊严。我的祖先阿德鲁目睹了整个事件，一个赵姓年轻人死于普家的刀下。

其时，阿尼卡已经迁来了八个姓氏的人。他们合伙将野兽驱赶到更远的地方，然后又为如何划分接下来的地盘而大打出手。不时有人死于械斗和阴谋。只有我的祖先阿德鲁，他没法召唤来更多的同族人，身边只有妻子和孩子。

我曾经在一张世界地图上寻找阿尼卡，它小得不值得绘制者标注。我只能从我们县的地图上，大致指出它的位置。这是人和世界，自己和他者的关系。很多时候，我们觉得比天大的事，在别人眼里小如芝麻。比如说，你完全可以认为我是在讲述世界上任何一片原始丛林里的开垦故事，因为如今我们能看到的每一片有人居住的土地，都有一个这样的故事，大同小异。

当我的祖先阿德鲁在阿尼卡盖起第一间棚屋时，这样的破坏和动静对这片原始丛林来说，是微不足道的。但是，当几十人，几百人闻风而动，迁徙而来，在这里繁衍生息，则完全不一样了。我从阿隆索记录的家谱里，看到了生命的力量。

那一年，阿尼卡诞生了二十个孩子。但凡有生育能力的人，都在拼命繁殖。这不是为了对抗死亡，让血脉永存，而是为了对抗人和野兽。

当积雪融化、春暖花开之时,阿德鲁开始动工盖房子。不是木棚,而是土坯房。开始是他一个人干,后来是有几个热心之人前来相助,再后来,人们惊讶地发现,阿德鲁是个天生的匠人,木工、瓦工、石匠,他样样会。于是,前来帮忙盖房子的人更多啦。毕竟大家想盖房子而苦于没有匠人。可以想象那时候的阿尼卡,丛林里一直响着大兴土木的声音。丛林退去,人们得寸进尺。那三年,阿尼卡人忙于盖房子,没有发生械斗和其他不愉快的事情。他们像一个抱成团的雪球,在这片土地上越滚越大。

所以,记载在家谱里的狮子崖之战,更像是矛盾积蓄已久的爆发。阿尼卡的七姓家族分成两派,为了一个女人大打出手。十八岁以上的男子,全部出动,其余的在家里等着,如果有人死了,准备收尸。我的祖先阿德鲁,同样没有参加这次打斗。他为死去的五个青壮年男子念经超度,并焚烧了他们,然后,将所有人召集起来。

"不能再这样下去了,"阿德鲁说,"我们这样相互残杀,连鸟兽都不如。"

"阿德鲁你是最早来的人,你说咋办?"

"从我们中间,找一个人来做寨主。"阿德鲁说。

阿德鲁的话音刚落,七姓家族里的人都站了起来。他们都想做寨主。然后,他们相互看看,又坐了下去。阿德鲁明白他们的意思,他们已经不想看到阿尼卡人为争夺寨主之位再起杀戮。

"那就只能去土司府了。"阿德鲁说。

大家一致赞同,并推举阿德鲁带人前往土司府。阿德鲁带了七个人,每个家族一个。他们去到五十公里外的土司衙门,朝土司禄兴大人跪下,说明了来意。有百姓归顺于自己,禄兴大人自然是高兴。当即赏了酒肉,吃罢,派武官一员带精兵三十六人前往阿尼卡看。

武官进入阿尼卡时,完全被眼前的景象吓了一跳。他没有想到,这几十公里外的山林里,竟然生长着一个他们完全不知道的村庄。为了表示诚意,阿尼卡人杀了猪和羊,拿出自酿的苞谷酒款待武官一行人。

关于这一天,我父亲让阿隆索在家谱里写的是:那天像过节一样高兴,酒从早喝到晚。酒醉后,发生了一件大事。这件事,和我的祖先阿德鲁有关。

那天黄昏时分,大家仍在喝酒吃肉,武官手下的一个兵消失了一阵子。那是一个大个子兵,浓眉大眼,鼻尖长着一颗黑痣。大家都看见了,没觉得有丝毫奇怪。可当他进门没多久,外面响起了哭声。武官停止了咀嚼,一碗酒横在空中。众人听着哭声,眼见一个姑娘推开了院门,走到武官面前跪了下去。

"武官大人,有人强奸了我。"姑娘说,"是个鼻尖上长痣的男人。"

众人发出一声惊呼,所有的目光集中在武官脸上。只见他略作思考,放下酒碗,起身,从腰间抽刀时如一道闪电划过。

"这里刚刚成为禄兴大人的地盘,谁敢如此大胆?"那武官握刀在手,杀气腾腾。众人不敢作声。那姑娘跪地不起。

"是你的兵。"她说,"我一路跟踪他,到了此地。"

"我没有一个鼻子上长黑痣的兵,"武官说,"你们都看见了,没有,对不对?"

武官面对着阿尼卡的众人,反复问,你们看见我有她说的这样一个兵吗?你们看见了吗?没有人说话。他们都明白这话的背后藏着什么。姑娘的父亲和哥哥,掩面蹲下身去,不敢出声。

"是的,武官大人,你确实有这样一个兵,"阿德鲁说,"而且,我亲眼看见他离开过这里。"

"是吗?"武官朝阿德鲁走了过来。

"是的,"阿德鲁并未后退,"我亲眼所见,而且他现在就在这里。"

"是吗?"武官握紧了手中的刀,又问。

"是的,"阿德鲁又说,"我可以帮你找出这个人。"

武官大笑起来,他的笑声如惊雷,令人颤抖,只有阿德鲁毫不畏惧。

"原本以为你们身上流着男人的血,英勇无畏,没想到你们胆小如鼠。"武官的语气里充满了不屑,他大声吼着,恨不得立刻蹋翻眼前这些战战兢兢的人。而此时,他手下的兵们,正幸灾乐祸地看着阿德鲁。

然后,武官朝阿德鲁竖起了大拇指。

"勇士,请帮我指出这个人。"

阿德鲁双目如炬,盯住了那个鼻尖上有痣的兵。此刻,他正在喝酒,还以为这事已经过去了。武官皱了皱眉头,那兵已经脸如土灰。

"你确定是他?"武官又问。阿德鲁和受害的姑娘一起点头。

一分钟以后,这场酒席以那个兵的人头落地收了场。黑暗正好抵达。火把照亮了院子,死亡的阴暗尚未消散。除了武官和阿德鲁,其他人说话都小心翼翼。

那个兵的尸体被放在了担架之上,脑袋由另外一个人抱着。武官一行人要走了,阿尼卡人神情肃穆,木木地站着,像是送行,更像是送葬。

阿隆索在笔记本里如此记录武官临走时的话:

"从今天开始,这里就属于禄兴大人的管辖之地了。有禄兴大人在,阿尼卡的人将会平安无事,和和睦睦。谁敢违命,这个兵就是他的榜样。今天这个勇士,令人敬佩,我决定为他的勇敢赏银十两。"

阿德鲁当晚跟着武官去土司府领赏,再也没有回来。三天后,他的尸体横在通往阿尼卡的路上。没人知道他的死因。十天后,武官再次来到阿尼卡,他对阿德鲁的死表示哀悼,并且宣布了一道任命:那个被强奸姑娘的父亲做了阿尼卡的寨主,每家人每年须向土司禄兴大人交租,不得有误。

三

阿隆索一夜无话,连梦话都没有。醒来后,他带着我去上学,一路无话。那天我们迟到了。阿隆索站在教室门口,举起手,就是不喊"报告"。他的同学正在教室里摇头晃脑地读书,他的语文老师手执竹棍,在教室里走来走去。有人看着阿隆索站在门口,向老师示意。老师转过头去,看了看一直举着手的阿隆索,视若无睹。阿隆索一直站到下课。

有人来告诉我,阿隆索哑了。我说,他昨晚就哑啦,他不想说话,那就不说吧。

关于阿隆索不说话这事,我抱着几分好奇。他憋的时间越久,这事就越难以收场。我们都有赌气的时候,但是他这样实在是太过分啦。

放学时分的学校像个蜂巢,但很快就安静下来。老师要求背一首古诗,阿隆索就是不张口。他的同学都走了,只剩下他一个人被留在教室里,他的老师坐在教室门口的凳子上。我要等他一起走。学校里只剩下我和阿隆索了。作为一个好学生,这是他第一次被留了下来,他的老师百思不解。

"他哑巴了?"他问我。

我摇了摇头。对啊,我想,阿隆索是不是真的哑了,而我们还在责怪他?于是我回答老师说,我不知道,他从昨天早上就不说话了。打也没用,骂也没用。

"如果他不说话,那你们兄弟俩今天就留在教室里过夜吧。"那老师说。

太阳每向西移一点,颜色就越发黄,温度越低。我心急如焚。而阿隆索盯着书上的文字,面无表情。有一阵子,他甚至趴在桌上睡了几分钟。

"哥,快点背吧,"我站在窗外喊,"不然,我可要走了。"

阿隆索看了看我,最后将目光定格在了黑板上。

"我真的要走了,"我说,"天快黑啦。"

我的话里已带哭腔。那老师在百无聊赖中抽完了半包香烟,喝了一杯茶水,去了一趟厕所。这时,食堂响起一个人的声音,开饭喽!那老师看了看我们兄弟俩,终于松了口。

"回去吧,明天来背。"

天真的要黑了,有种在黄昏时才发声的鸟已经叫了起来。我和阿隆索奔跑在回家的路上,只有脚步声回荡在山间。我们从来没有这么晚回家。可以想象,我们父亲的棍子早已等候多时了。途中,天完全黑了。路像条模糊的带子,已经不太看得清路中间的石头。我们各摔倒一次,但又很快爬起来。

"哥,你已经两天一夜没说话了,你的舌根不痒吗?"我问,"你这样憋着,那些话会在你肚子打架,你不觉得肚子疼吗?"

他不理我,继续跑在我前面。

"我晓得你心里有气,但是,你不说话,这气就不会消,"我说,"如果一个人长期生气,头上会鼓起两个包,时间久了,像牛一样长出角。"

"你真的哑了吗?"我有点生气了,"如果你继续装聋作哑,会被爸妈送去跟萧大脚住。"

萧大脚一生赤脚,哑巴,和他美丽的哑巴女儿萧声声住在阿尼卡西边废弃的磨房里。

突然,阿隆索停住了脚步。前方的路中间,立着一个黑影。那是我们的父亲。他的手上拿着一根足以让我们满身红肿的竹棍。

"为啥现在才回?"父亲一声怒吼,尚不待我们回答,他手上的竹棍已经抽到了阿隆索的身上。他边跑边问边打,竹棍在空中发出啸音,但阿隆索一声不吭。我跑着跟在父亲的身后,等着他的竹棍。

"哥哥不背诗,被留下了,我等他。"

"他还是不说话?"

这愤怒让我父亲像一桶滚动中燃烧的火药,他一直追着阿隆索打,走一步,打一棍,我们就这样回到了家里。走到院门外,他一把揪住阿隆索的后领,提他进屋。阿隆索被父亲扔在了院子里,像是扔下一只刚猎获的野兽。但是,这家伙被扔在地上后居然又站了起来。他紧闭着嘴唇,浑身发抖,直愣愣地看着父亲。这目光像催化剂,瞬间将父亲点爆了。他飞起脚,将阿隆索踹翻在地。不出声是吧,那我打死你算了,父亲的声音里带着愤怒、悲伤和绝望,他从墙上取下马鞭,握在手里,逼阿隆索开口。

"你打死他,那你怎么办?"我们的母亲在哀嚎。

"我去抵命,"他说,"阿隆嘎会为你养老送终的。"

我的眼前浮现出哥哥的死亡,父亲的远去,一个家庭的坍塌,双腿一软跪了下去。

"别再打哥哥了,"我用尽所有的勇气吼了出来,"要打就连我一起打,打死我们,也好有个伴。"

阿隆索的眼里流出泪水,他跟着跪下来,但仍然一言不发。我们的母亲趁机从父亲手上抢走了马鞭,又进屋给他端来了茶杯。我和阿隆索跪着,听父亲咕嘟咕嘟喝茶,叹息。母亲已经停止了哭泣,相比父亲的暴力,她多了一丝理智。

"我在想,阿隆索会不会真的出事了?"她又将这个问题提了出来。

"是不是真的说不出话来了?"我父亲问,"如果说不出话来,那你就点头。"

阿隆索既不点头,也不摇头,而是垂下了头。

"我去找苏呷医生,"我母亲说,"你呢,去把魔帕请来。"

我父亲就是魔帕,但魔帕只对外人行事,对自己人无效。

院子里恢复了宁静。昏暗的灯光下,几只蛾子萦绕着。他们走得急,没有叫我们起来。阿隆索开始打盹,他闭着眼睛,像是要屏蔽外部世界,他的上半身不断朝前扑去,惊醒,如此反复,像一只啄米的小公鸡。我在一旁仔细观察他,想笑,却笑不出来。他真瘦啊,身子像一块大篾片,轻易就能穿过。由于卫生习惯不好,他的身上能够搓下半斤污垢。军绿色的外衣,是我父亲早年穿的,他穿着,显得大而空。他的裤带是根藤条,那时我们都梦想有一条军用皮带。可是,就是这样的一个阿隆索,他有天突然就不说话了。

那天晚上,魔帕和医生相继进门,阿隆索经历了好一番折腾。医生拿出了听诊器,将那个冰凉的圆铁饼贴在阿隆索的胸前,闭上眼睛,认真听着。然后,他又拿出一块竹片压住阿隆索的舌头,让他说"啊",阿隆索不说。医生"啊"了三次,得到的都是阿隆索的白眼,于是，医生做出了结论，"这孩子身体没毛病，但也许这里，有点问题。"他指了指自己的脑袋。

魔帕进屋，少不了要杀鸡请神，煮肉和磨豆腐。我暗自高兴，肚子里早已馋虫翻滚。他拿出经书念，像是在唱一首难听的歌。他用鸡毛蘸了鸡血贴在阿隆索的脑门上，过一会儿就被风吹走了。他摇着法铃，圈子里的黄牛叫了起来，以为屋里有一只走丢的同伴。他围着阿隆索跳啊跳，宽阔的裤管像两把扫帚，扫得屋里灰尘四起。最后，他终于停下，大汗淋漓，像是刚刚翻山越岭而来。

"他的心里有三个鬼，"他说，"一个鬼按住了舌头，一个鬼蒙住了眼睛，一个鬼塞柱了他的耳朵。"

魔帕的解决办法是：杀一只羊，割下舌头和双耳，剜出双目，煮给阿隆索吃。

"这样他就能看见，听见，并且说出来了。"

那晚折腾到下半夜，终于送走了医生和魔帕。我父亲关上门，将我和阿隆索叫到面前。

"你听着，如果你被恶鬼缠住，今晚过后就会好起来。如果你故意不说话，我们也不能撬开你的嘴，那我们就当生养了一个哑巴。我们尽力了，剩下的靠老天和你自己了。"

阿隆索仍然沉默。但我父母面对这沉默已经没有了愤怒，只有叹息和寄望奇迹的发生。同时，他们也寄望自己的小儿子能够更聪明一点。

"你听着,如果阿隆索真的哑了,我们就只能靠你了。"我父亲说,"如果有什么要求,你可以提出来。"

我想了想,提出要再看看家谱。我对祖先的故事发生了兴趣。那个硬壳笔记本又回到了我手上,那是我在当时看过最多的课外文字。

那天晚上,我梦见阿隆索站在山顶放声高歌。他用的是另一种语言,我听不懂。他唱的时候,树木肃静,鸟兽噤声,花蕾绽放,阳光普照。

沉默的阿隆索像个影子,已被我们所忽略。现在,我父母的注意力集中到了我身上来。他们对我说话时轻言细语,少了野蛮的暴喝。但是,我现在的注意力却在家谱上。

阿德鲁死后,我们这个家族迎来了困难时期。他还来不及繁衍出更多的子孙,只留儿子阿俄吉和女儿阿吉娜。阿德鲁的死,成了阿尼卡的一个谜。对于家庭来说,是个永远的阴影。但对于村寨来说,别人先是热烈地长吁短叹地愤愤不平地谈起这事,然后渐渐转向了云淡风轻,甚至闭口不言。只有阿俄吉和阿吉娜,他们从小被教导,不能忘记父亲的死。

"父亲为啥会死呢?"少年阿俄吉问母亲。

"因为他说出来了。"母亲回答。

"他为啥要说呢？"阿俄吉问母亲。

"因为他看见了。"母亲回答。

阿俄吉的幼年和少年时期，一直纠缠于这两个问题。他不断地问，母亲不断地答，答案永远是这样。他永远也想不明白，想不明白就奔跑。阿俄吉奔跑在阿尼卡的山路，飞禽走兽纷纷让路。他从十二岁跑到十八岁。到了十八岁，他再也不问父亲的死因了。

那时的阿尼卡，早已不是建寨当初的刀耕火种。越来越多的人搬来此地居住，他们血脉相连，既相互搀扶也相互陷害，既向外战，也向内斗。他们在这片土地上大肆开垦，甩开膀子干活吃饭，用尽最后一滴精液生育。在这里，生育不断，杀戮也从没停止过。若干年后，我在县志上读到几句关于阿尼卡的话：阿尼卡，险恶之地。明朝起有人居，属土司管辖之地。此地民风彪悍，好斗，嗜酒，民间多传说和奇人。

我将在家谱上看到的一个故事讲给同学们听，没人相信。这个故事讲的是某个冬天的早晨，土司府衙外发现一头坐在地上的狼，它大张着嘴，能够轻易塞进一个小孩的脑袋。土司手下兵丁骇然，围住狼，欲开枪打死，却听衙内传来禄兴大人指示：别开枪，毕竟是条命。若手下兄弟有谁能将其捉住，赏银五两。兵丁皆惧，无人敢上前。此时有人说，也许可以叫阿俄吉来试试。于是兵丁快马加鞭，去阿尼卡请来阿俄吉。由此也可证明,阿俄吉的奔跑,早已声名在外。

阿俄吉来了。他赤着脚,走路发出沉重的声音。幸亏他是在地上走,如果是上楼,所有人都担心会发生坍塌。他上前一步,向禄兴大人行了礼,看了看坐在地上的狼,问要活的还是死的?土司回答,要这畜牲死很容易,但它毕竟是条命。

阿俄吉朝狼扑了过去。那狼一惊,收起坐了一早上的姿势,来不及细想,只能逃命。它跑向土地,那是夏天,地里的罂粟纷纷为他们让路。那样子,像是两把锋利的剪刀扎向了一匹巨大的绿花布。包括十二岁就继承土司之位的禄兴大人在内,没人出声。他们看着阿俄吉追着那头狼穿过了土地,进入了密林。他们看见他数次伸手去捉狼的尾巴和后腿,就差那么一点点。

下午时分,阿俄吉扛着那头狼回到土司府衙外。那狼已经奄奄一息,被阿俄吉用藤条绑了腿和嘴,和一条将死之狗没啥两样。所有人都瞪大了眼睛。特别是禄兴大人,据说他平常看人时眼睛都大到令人不敢直视。但阿俄吉接住了那目光,也接了土司的赏银。

勇士,土司说,除了赏银,你还有什么要求?

阿俄吉说没有,他只想早点回去照顾母亲,她因为父亲的死而过度悲伤,身体一直没有恢复过来。

这时衙门外传来吵闹声,说是那畜牲又恢复了些体力,已经挣脱了绑嘴的藤条,此刻正张着大嘴想要吃人。众兵丁骇然。

勇士,土司说,去把它给放了吧,毕竟是条命。

阿俄吉说,回大人,小的只负责捉狼,不负责放狼。

土司笑了起来,说,那就再给你五两银子,放了它。

阿俄吉答应了。他走到狼的身边,那狼见他就发抖。他一把抓起狼头皮,解下四肢上的藤条,换一只手捏住狼尾,将那只狼倒提起来。他用力一甩,狼已经被扔出了数丈远。然后,人们看到那狼一瘸一拐地离开了。

阿俄吉接受了土司的放狼银,但拒绝留在土司府。他想到了父亲的死。

就在方圆百里都在流传阿俄吉捉放狼一事时,他将那十两银子留给母亲和妹妹,走了。

他去了哪里?这一直是个谜。有人说是顺江而下,有人说是逆流而上,有人说是山洞里,有人说是寺庙里。总之,待阿俄吉重新回到阿尼卡,已经是十年以后。

他从不对人说起这十年的经历,但人们还是渐渐发现了阿俄吉身上的超常之处。我父亲让哥哥记下了阿俄吉的本领,包括以下几种:穿墙术、放阴火和阴箭、收巨蟒、幻影术、乾坤绳。我在课堂上看阿俄吉的故事,早已忘记了讲台上还站着一个老师。关于阿俄吉的事,可以讲三天三夜,所以我只能简单讲述,毕竟在我的家族史上,他只是其中一人。如果我厚此薄彼,恐惹他们不高兴。

阿俄吉腰间的布带，其实是一头巨蟒。据说这是他师父送给他的礼物，条件是永远不能说出师父的名字。阿俄吉一生只使用过那条布带一次——派它去一个富绅的酒席上吞咽下酒菜，然后再带回来分给阿尼卡的穷人。

至于乾坤绳，他未敢在人身上使用，而是用它捆住了一个作祟的土地公公。有人亲耳听见，那土地公公发出痛苦的呻吟。

阿俄吉一生只杀过一人。那是在一个黄昏，一个匪徒从绿林中跃出，举刀向他劈来。阿俄吉避之不及，手指轻弹，匪徒瞬间毙命。阿俄吉扒开死尸查看，见其胸前有一如蚊虫叮咬过的伤口。这是被他的阴箭所伤。阿俄吉心生愧疚，将身上一两银子放进了死者的口袋。

那时的阿隆索对这个世界充满了好奇。这也体现在他对家谱的记录中。他甚至在记录时偷偷写下了他和我父亲的一部分对话。比如：

阿俄吉是神吗？

不是，他只是人。

有他所不知道的事吗？

有，他只是个会巫术的凡人。

什么是他所不知道的呢？

人心。

阿俄吉死于告密。那一年,他五十岁。那一年,禄兴大人死了,土司少爷继位。土司手下的师爷拉着一众兵丁造反,欲拉阿俄吉入伙。阿俄吉想到父亲的死,答应了。但是,在第二天一早,尚不待他们起兵,所有人便已经被捉了。

"知道是谁告的密吗?"前来捉阿俄吉的人问他。

阿俄吉摇头。

"是睡在你身边的人。"

阿俄吉看了一眼妻子,她已经低下了头。原本人们以为他会施展巫术逃跑,已经在屋外布置了重兵。但他明白是妻子告的密,便伸出手,让来人给绑了起来。

"好好把孩子养大吧,"他说,"我不怪你,只是可怜你,你以为你做了一件正确的事。"

阿俄吉被砍头示众时,也没有发生人们所想象的明明砍的是阿俄吉,结果落地的人头却是行刑人。于是,关于阿俄吉是不是真的会巫术一事,阿尼卡人争论了许久。

那天我躲在被窝里读家谱,读到这里时,放声大哭。

四

阿尼卡的人说阿隆索哑了。每当我听到这话,就义正辞严地告诉他们,我的哥哥不是哑巴,他只是不想跟你们说话。我这么说时,他们脸上的表情就由虚伪的同情变成了愤怒。

"他凭什么不跟我们说话?"他们问。

"那你去问他啊。"我说。

"没啥好问的。不说话,那就是哑巴。"

"不说话,比说谎话、废话和害人的话要好。"

于是,人们怀着某种复杂的感情把阿隆索当成了一个哑巴。他们对他抱以同情的目光,并且把他当成一团空气,从不对他回避任何秘密的话题。

阿隆索以沉默对抗着他因沉默带给这个世界的不适。在课堂上,他默默拿出课本和纸笔,和大家一起认真听课,记笔记,写作业。但凡有需要发声的时候,他就紧闭着嘴。他再也没有完成过朗读和背诵。他的老师觉得自己的权威受到了挑战,用竹枝、书、巴掌、拳头打他,不管怎样,阿隆索都不吭一声,也不躲闪。老师败下阵来,他终于承认,体罚并非无坚不摧。遇见阿隆索这样的学生,别说是人,就是雷公电母,估计也难以让他开口。

一个同学突然沉默了,但他并没有真哑。学生们并不相信一个原本如喜鹊般吵闹的同龄人能够把话语全部扼杀在肚子里。他们千方百计想让阿隆索开口。他们将一条死蛇装进阿隆索的书包。他们把图钉放在阿隆索的凳子上。他们将他的笔藏起来。还有人走路时故意踩他的鞋后跟，在他胸前打一拳，莫名其妙地骂他。玩老鹰捉小鸡时把他当小鸡，其他人全是老鹰，他们捉住他的头发双手和双脚，像是要将他大卸八块。

但是，阿隆索从未开口说过一句话。

那段时间我的主要任务，就是用木棒驱赶那些欺负阿隆索的人。除了上课的时候，我几乎形影不离地跟着他。令我担忧的倒不是自己每天要像小辣椒似的盯着那些欺负阿隆索的人，而是他的未来。自从他沉默以后，走路轻飘飘的，像个纸人。他已经不再奔跑，每一步都走得小心翼翼。仿佛在他的世界里，随时都是狂风肆虐。他像一只风筝，不时飘向某个世界，而我们是他的线。有时候，将他拉扯回来时，他的脸上明显不高兴，甚至是痛苦万分。

痛苦的还有我父母。像是他们之前一直生活在一个彩色肥皂泡里，而它某天突然就在阳光下破灭了。那种怅然，那种不甘，可以想象。他们甚至想到了一个主意，在他睡着后，突然叫醒他，跟他说话。他们以为，阿隆索从沉睡中醒来的第一瞬间，会忘记自己的沉默。结果当然是我的父母失败了。这失败让他们彻底接受了阿隆索不再说话这一事实。

成绩揭晓的那日，我父母比我想象的要平静。为了这一天，他们等待已久。我父亲杀了一只鸡，买了一瓶酒。吃饭时他给我和阿隆索各倒了一杯酒。

"喝了吧,"他对阿隆索说,"喝了这杯,你就是个农民了。"

阿隆索喝了酒,面红耳赤,但他表情平静,丝毫不为自己落榜而悲伤。

"你也喝一杯,阿隆嘎,"我父亲朝我举起了杯,"我们家的未来。"

我母亲在一旁抹泪,被我父亲制止了。

"好啦好啦,"他说,"哑了一个,还有一个。"

"至少他还活着,"我父亲又说,"没有像别人家孩子那样被水冲走,或者死于痢疾。"

他说的是阿尼卡的另外两个小孩。他们均死于上学途中。他们的父母,有的疯癫了,有的离开了阿尼卡。如果这么对比,那阿隆索回家种地就真的不算什么了。

锄头、镰刀、斧头泛着锋利的光芒,早已在等待。他十二岁的身体,已经勉强可以应付轻一些的农活。他将在乡村变声,长出胡子和鸟毛,梦遗,变成一个年轻的农民,娶一房媳妇,生几个孩子。这是绝大多数阿尼卡人的生活,我们没有理由强求命运更多的垂怜。

对于上学改变命运这种事,相当于是去天上摘云朵。因为太难而显示出了过于浓重的命运色彩。最适合我们的,无非就是继承父辈的衣钵,在土地上像棵草似的活一辈子。那晚我们甚至搜肠刮肚地谈起有工作的种种弊端,比如只能生一个孩子和万一社会发生什么变化,吃亏的总是有文化的人。

临睡前,阿隆索从墙上取下书包,丢进火塘里烧了。没有一丝犹豫和惋惜。然后,他走出了家门。起初我们以为,他去外面撒尿。但大约半个小时后,我们觉得事情不妙了。我和父母点亮火把和手电筒,从不同的方向寻找。我们不敢在夜晚的乡村扯开喉咙叫,因为不想让人知道。我们走在玉米地边,空气里飘着玉米秆甜腻腻的气息。正是玉米灌浆的时候,玉米林里密不透风。

那时布谷鸟已经离开。这种鸟来去人间,据说不是靠自己的翅膀,而是由另一种鸟驮着飞。我们见过布谷鸟的坐骑,也是一种灰扑扑的鸟,飞起来时两个翅膀扇得像螺旋桨。

我们绕着屋子四周找了一圈,没有阿隆索的踪迹。于是我们回到家里,纷纷猜测他有可能去了哪里。我父亲认为他可能只是想去村里走走,因为他身上没钱,不可能离开阿尼卡。而我母亲则认为凭阿隆索这固执的性格,他完全有可能走路离开。我们就这样坐在火塘边,无奈、绝望、毫无底气地谈起阿隆索。我们试图猜测他的内心,但没有一个人有把握。一个沉默的人,我们确实不知道他在想什么。

"要不要去告诉别人?"我母亲问,"请人一起找找,如果晚了,他就走远了。"

"明早再说吧，"我父亲淡淡地说，"如果他要走，我们也留不住。"

阿隆索回来的时候，我们都已上床睡觉。父母从另一间屋里传出轰隆轰隆的谈话声，我听不太清，想必是关于阿隆索的。我仍然沉迷在家谱中。阿隆索带着一身露水和清风的气息，推门进来，钻进了被窝。我没问他干什么去了，因为问了他也不会说。我和阿隆索躺在床上，夏天的村庄湿漉漉的，连想象力都变得沉重。

接下来的日子三天两头下雨，墙根长出绿苔藓。我梦见那些苔藓疯狂蔓延，伸进屋子，裹住了我和阿隆索。我在夜里拼命蹬腿，醒过来，阿隆索的床上空无一人。我并没有立即叫出声来。我想他会回来的，像上次一样，在天亮之前。我拉灭了灯，躺在黑暗中，听风刮过夜晚，所有的叶子都是响动的翅膀。这些响动汇聚在一起，是一种无法分辨的惊悚。我甚至怀疑，某个早上醒来，村庄就被风吹得变了样。

阿隆索总在天亮之前回到床上。我已经习惯听他踮着脚进屋，像片轻薄的草纸落在床上。此后的每个夜晚，阿隆索都会出去。为了配合他外出，我甚至早早就钻进被窝，假装发出鼾声。待他出去后，我又一头扎进了家谱里。

家谱其实是种残酷的东西。看起来是纪念，其实是在告诉我们，人在时间面前的渺小。当然，这是我多年以后才悟出的道理。每个人都活了一生，但在家谱里的待遇却大不一样。有人只有短短几句话，无非是生卒年月、子孙姓名及去向。而有的人却在家谱里占据了大量的篇幅，被详细记录，甚至改编。所以，关于我爷爷阿拉洛的事，我是有几分不信的。

据家谱记载，我爷爷阿拉洛生于1920年。这个时间只对他有意义，对别人而言，就是一个数字。或许是因为疲于讲述和记录，阿隆索的记录自阿俄吉之后就变得简单、枯燥，像一条潺潺流淌的小溪，令人昏昏欲睡。直到阿拉洛这里，漫长的家族史里才又翻起了波浪。

那是一个兵荒马乱的年代。原本执掌着那片土地生杀大权的土司，势力已大不如前。居住在方圆百里的各地方势力跃跃欲试，都想找机会将土司赶出这片土地，做这里的王。我爷爷在他二十岁那年拉起了队伍，驻扎在狮子崖上的狮子洞里。据说他的手下个个都是攀岩高手，腰间插两把匕首，近能杀敌，远能飞掷，攀岩时插于岩缝间，如履平地。他们在狮子崖和豹子崖顶筑了碉堡，遥相呼应，黑洞洞的小窗里是黑洞洞的枪口。

我爷爷阿拉洛只活了36岁。他短暂的一生刚好处于风口浪尖，世界像个万花筒。在阿尼卡方圆百里的深山里，杀戮和阴谋从未停止。罂粟带来了巨大的利润，银子水一般地流进人们的腰包里。当然，很大一部分银钱换成了枪支。奄奄一息的土司，已经连续三年未向北京进贡马匹。因为他们并不知道，到底应该将骏马献给谁。他们早已失去了来自官方的保护。1948年，最后一任土司被地方势力包围，激战了三天三夜后，一家大小二十六口人被活捉。在如何处理土司一家的问题上，阿拉洛和其他家支头领发生了分歧。阿拉洛的意思是放，别人的意思是杀。

"虽然他不算是一代好土司，但他的家人是无辜的。"阿拉洛说，"杀人一时痛快，但沾在手上的血却是一辈子洗不掉。"

"阿拉洛，你手上的血还少吗？"

"他们是该死之人。"阿拉洛说，"而不是被绑起来的老人、妇女和孩子。"

"别忘了我们联合之初的约定，"有头领警告阿拉洛，"现在刚打赢，我们就开始吵起来了。"

"我跟你们做个交易吧，"阿拉洛说，"我愿意拿我该分到的土地来换他们。"

头领们做了短暂的思考后，同意了。他们打赢了仗，即将瓜分原本属于土司的土地。他们原本想的是斩草除根，以绝后患。但是，谁也要给阿拉洛几分面子。

"我明白你的意思了，"有头领哈哈大笑，"阿拉洛的心比我们大，在这片土地上，没有什么比奴役旧土司更有面子了。"

阿拉洛也哈哈大笑。他亲自给土司及其家眷松绑,护送他们离开。禄氏土司在这片土地上长达百年的统治宣布结束。

家谱里如此记录阿拉洛和土司的告别:阿拉洛和他带的兵送土司一家到狮子崖,由此出石门关外。那一直沉默的土司终于开了口。他说,今天,你救了我们二十六条命,加上从前我家欠你家的两条命,一共是二十八条。这命债,我们是还不上了。所以,只能受我们二十八拜。那土司刚想下拜,便被阿拉洛架住了。

"你是土司,我是土匪。"阿拉洛说,"我联合各家支打垮了你,如今又放了你们,我们两清了。"

那土司羞愧难当,对家人做了一番交代后,乘人不备,纵身跳下了狮子崖。阿拉洛为失败的土司立的碑,如今还在阿尼卡的后山上,后人称那座碑为官坟。

没有了土司,那片土地比以往更乱。各家支之间的联合与分裂,朋友与冤家,瞬息万变。谁的势力大,谁就可以抢到更多的土地与家奴,种植更多的罂粟,换得更多的银两,装备更好的枪支,养更多的兄弟。

就在各家支间混战不已的时候,阿拉洛突然宣布解散了自己的队伍,并将土地均分给手下兄弟。

"你们回家吧,"他说,"别再打杀了,回去种地,但地里不能种罂粟。"

手下兄弟不解，久久不愿离去。凭阿拉洛当时的实力，他很有可能成为这片土地的统治者。

"这队伍早晚是要解散的。"阿拉洛说，"我不想像土司一样打到最后只剩家人。"

阿拉洛回到了阿尼卡，那里还有祖辈开垦出来的土地。他带领家人在地里种上苦荞、玉米和洋芋。他每年秋天开始酿酒，够喝一整年即可。他不再过问这片土地上的打杀，饲养马匹和牛羊，把它们都当成了手下的兵。阿拉洛的牛马膘肥体壮，羊群满山，它们在领头牛羊的带领下和狼作战，牺牲了一头耕牛。阿拉洛埋了牛，追封它为牛王，那地方现在叫牛王坟。

阿尼卡的人说，阿拉洛的内心养着老虎，但是，他活活将自己变成了一只绵羊。绵羊阿拉洛早晨打开圈门，他的牛羊像训练有素的士兵，瞬间铺满绿色的山野。

所以，阿尼卡的人说，如果阿拉洛闯过了36岁，那他一定是个好石匠。但是他没有闯过，至少36岁以后再也没有人见过他。

现在，我终于明白了，我父母一直不让我们靠近阿尼卡磨房的原因。我以为只是不准我们接触哑巴萧大脚和他的哑女萧声声。其实不是。那磨房已经存在了几十年了，它最初的功能不是磨房，而是牛圈。后来成为阿拉洛的牢房。

他们问他，当年你们做土匪，手下兄弟都有谁？

阿拉洛说,没有,就我一个。

他们笑了起来,皮鞭抽在他已经花朵般绽开的肉上,烈酒浇在他身上。没有人听见阿拉洛哭喊,只听见鞭子凌空劈下的声音。他们抽了他三天三夜,累了,就换一拨人。但阿拉洛的心比他的身子骨还要硬。鞭子抽在他身上,他只是抬眼看着行凶者。那眼神里却没有恨意,只有同情和无奈。

"当年除了你,还有谁是土匪?"

"只有我一个。"

"你不说,我们也能找到他们。"

"你们累了,喝口酒吧,"阿拉洛说,"土匪只有我一个,他们都是庄稼人。"

那些行凶者,是阿尼卡人,他们是阿拉洛的邻居、亲戚、朋友、仇人,是曾经的土匪、土司的兵丁、行刑人、师爷、烟鬼、奴隶贩子,当然,也有地地道道的庄稼人。他们一夜之间变成了魔鬼。魔鬼们最后败下阵来,将阿拉洛关起来,除了水以外,不给他任何吃的。

正是水救了阿拉洛的命。

当人们发现送进磨房的水三天后仍在时,他们以为阿拉洛死了。上午的阳光从那个刚好够一个人进出的洞里射进来,像张大笑着的嘴。阿拉洛跑了。人们猜测,他是用尿液浇湿墙壁,用十指一点点抠出一个洞。

跑了。人们长舒一口气。他们终于不再为这块硬骨头而烦心。毕竟,在阿尼卡,还有更多的人等着他们去追根究底。只是可怜了阿拉洛那些训练有素的牛羊。

它们全都死了。一天天死去,一天天减少。它们起初不是死于疾病或人为的屠杀,而是死于相互残杀。阿拉洛的牛羊在某一天突然发疯,它们先是相互攻击,牛角羊角落天飞。倒下的弱小者,被吃掉。最后,剩下最壮的牛和羊,终于变得像正常的牛和羊,却又死于屠刀下。

人们分食阿拉洛最强壮的牛羊时,拼命猜测他的去向。他们总有一种感觉,他没有走远,就在不远处的某个地方看着他们,像一个痛苦万分的旁观者。这种感觉越发强烈,至少在此后的二十年,不时会有人说在某个地方看见阿拉洛。当然,这是假象。因为他们看见他出现的地方非常荒唐可笑,树梢、云上、床下、刀尖上、水里、火里、牛背上……到后来,再也没有人提起阿拉洛,不是遗忘,而是不敢提起。

我的父亲经历了艰苦的成长,做了一名魔帕。这个本该世袭而来的古老职业,后来简化成了经书诵读者。他做魔帕的初衷,其实就是想借助某种神力寻找我爷爷的下落。

"他在一个洞里,"有次我父亲说,"这是我梦见的,不确定。"

五

沉默的阿隆索告别了学校。没有人在上学路上跟我说话,没有人为我抵挡沿途的恶狗,没有人为我打退那些欺负我的人。如今的每天早晨,阿隆索看着我背上书包出门时,面无表情。我不知他内心的想法。他变成了一个年轻的农民,负责放牛和马。他赶着牛,牵着马,加入到浩浩荡荡的牛群羊群里,他身披披毡,腰间挎一个军用水壶,里面装着清凉的水。

那时的阿尼卡,牛羊是人们最重要的财富。几乎每家都有一个人负责放牧。这样的活,一般由老人,待嫁的女子或辍学的孩子来干。山间除了有树木,还能随时看见牛羊马骡的身影。放牧者聚在一起,老人们喜欢讲古,尽管他们的故事总是那么几个;姑娘们飞针走线,鞋垫上的花样百出,仿佛她们内心有座花园。而像阿隆索这般大的放牛娃,他们本身就是一匹匹未加驯化的野马,爬树,攀岩,掏蜂窝,捕蛇,网兔子,一刻不停。只有阿隆索例外,他紧跟着牛马,寸步不离。他又成了别人的欺负对象。某天他回来哇哇吐,吐出了三只黑色小蝌蚪。但他死也不说是怎么回事。某天他的耳垂裂开,流着血,问是谁干的,他同样不说。后来,阿隆索彻底远离了那些放牧者。反正莽莽群山,他总能找到草场,喂饱牛马。

阿隆索每天夜里都会出去。他通常和衣而卧,听到我假装发出的鼾声,便提鞋在手,赤脚而出。我若干次想象过他的藏身地。想象他蹲在某个树杈上,像只黑熊。想象他藏在树洞里,一个人自言自语。想象他伏在冰凉的枯草丛中,像只母鸡在孵化,然后咯咯咯乱叫一气。我不止一次想过他在没人的地方说话,不然,一个人的心里怎么能憋住那么多话?比如说我,以前不爱说话,但当阿隆索沉默以后,似乎属于他的话语都在我心里生了根发了芽。我变成了一个滔滔不绝的人。我的父母将这看作是上天的另一种补偿,他们欣喜地看着我口若悬河,尽管很多时候我讲的都是废话。我不光话突然多了起来,而且心里的想法也多了起来。

我准备跟踪阿隆索。可他自从在夜里外出时开始,后脑勺上像是长了眼睛。我第一次跟踪他,刚走到院子里,便被他发现了。他站在院门外,并不回头,我只能悄悄潜回床上。等他夜游回来,我拉亮了电灯。

"哥,你去了哪里?"我问完才想起,他沉默已久。他看了我一眼,脱衣上床,钻进被窝里。

"你可以不说,但我想跟你出去看看。"我又说。

他丢给我一个蜷曲的背影,再无声息。一个拒绝说话的人,他的内心就是深海。关了灯,黑夜如潮,仿佛有浪花拍岸,像是沉默的永不知倦的钟摆。我之所以记得这个夜晚,是因为我和阿隆索之间捅破了那层守护秘密的窗户纸。

此后的夜里,当我父母睡下后,他当着我的面就出去了。但是,他并不允许我跟着他。我次次学着他的样子,提了鞋子,踮着脚跟着他往外走,但一次次被他甩在了茫茫黑夜中。这让我觉得,他已经练就了夜里行路的本领。无数个夜晚,我们俩像两只潜藏着的猫和老鼠,好奇地猜测着对方的举动。我们的父母似乎不知道这一切。他们已将无能为力的事交给了看不见的神明,并坦然接受了命运所赐予的一切。

"至少阿隆索还活着",这话确实是效果良好的安慰剂。我们一遍遍这么说,也这么想。这是事实。他不光活着,还能吃能睡能干活,甚至还无师自通地当起了篾匠。起初是一只撮箕坏了,让他用篾片修补,然后他看了看旧的编织规律干脆重新编了只新的。我父母看着还行,便心生欢喜,认为这不失为一项可以混饭吃的技能。那时在我们乡村,也确实有很多这样卑微的匠人,他们走村串户,技艺粗糙,但能勉强换得温饱。

家里的撮箕、筲箕、簸箕和筛子很快换成了新的。我的父母将这个消息传播到了村里,并未收到很好的效果。毕竟在阿尼卡,会竹编的人至少有十个。但是,当阿隆索用篾片编出了马牛羊时,我的父母喜出望外了。我们砍下一棵棵竹子,剔开,取下长长的篾簧,交到阿隆索手里,看着他变幻出奔跑中的竹马,奋力向前的斗牛,以及低头吃草的羊。在事实面前,我们打消了所有的疑虑。我的哥哥阿隆索,用竹子构建着他的世界,在那个世界里,他就是上帝。某天,他也像上帝一样用竹子编了一个人。男人。

"你看他编得像谁?"我父亲问母亲。

"像他自己。"

"闭着嘴的他,"我父亲说,"看来他真的不会再张嘴了。"

阿隆索编下振翅欲飞的雄鹰,骨瘦如柴的狼,满脸贪婪的狐狸,让阿尼卡人大吃一惊。更绝的是,他手执两条细如发丝的篾簧,将手藏在身后,过了一会儿,扔下一对竹蟋蟀。

没过多久,阿隆索的兴趣转移到了木头上。从此,我家里响起了锯子、刨子和凿子的声音。他做出的凳子、桌子、箱子、柜子和床,让那些乡村木匠自愧弗如。他们本想来挑刺,结果却无不心悦诚服。

"祖师爷赏饭了。"木匠们说。

我的父亲嘿嘿笑着,倒酒,发烟,留木匠们吃饭,其实只是为了听别人说更多好听的话。他已经很久没有这么高兴了。阿隆索对眼前的热闹视若无睹,完全沉浸在木头之中。当他将家具全换了一遍后,在木板上刻下了自己,一模一样。为了向人展示他的天赋,我父亲让他在大门的左边刻下秦叔宝,右边刻下尉迟敬德。自此,木刻取代了年画。

我的哥哥阿隆索,变成了一个疯狂的魔术师。整个阿尼卡都在奔走相传着他的心灵手巧、有如神助。越来越多的人围聚在我家,看他如何赋予竹子和木头生命。他沉默着,仿佛在一个我们不知道的世界里,有人正在对他进行口传心授。只是我们不知道而已。

他玩腻了木头,开始对石头下手。于是,我家院子里,终日锤子叮当响,碎石飞溅。石狼、石狐狸、石虎、石狮子,站在他身后,活灵活现。所以,当阿隆索用泥巴捏出十二个神态各异的紧闭着嘴的自己时,我们一点都不吃惊了。

冬天下了一场雪。人们足不出户,围着火塘喝酒聊天打发时间。阿隆索依旧每晚外出,我在他走后半个小时出门,沿着雪地上的足迹,一路跟到了狮子崖。这时,我听见不远处传来布谷鸟的叫声。但眼下是冬天,这种鸟早已销声匿迹。难道这种鸟其实从未离开,只是藏进了深山?我循着鸟声向前走去,看见了阿隆索。他坐在狮子崖最前方的那块巨石上,群鸟的鸣叫,正是发自他的嘴里。他显然已经发现了我,回头看了一眼,嘴里的声音已经变成了乌鸦叫。一只乌鸦,叫声凄厉,撕心裂肺。

"哥,你啥时候学会的鸟叫?"

他的嘴里发出知了声。那声音像一道道箭镞,穿过我的耳膜。如果不是我亲眼所见,我一定会认为这声音来自一只肥硕的蝉。阿隆索将腿伸到巨石下,晃悠着,旁若无人地学着各种鸟叫。阿隆索嘴里的鸟声混淆了季节,他的身体里有一片欢腾的森林。仿佛这风雪已经不在,眼前只有明媚的春天。我听见山林里的野鸡叫了起来,接着是喜鹊和乌鸦,还有猫头鹰,它们叫着,在这个雪天的夜里,呼朋引伴。这时,阿隆索故意停了下来,我明白他的意思——这不关我的事,是它们自己在叫。当林中百鸟争鸣时,阿隆索站起身,拍拍被风卷到身上的雪,走了。

此后,他从未间断过夜里外出。但我知道只是在山上变鸟叫时,便没有了跟踪的兴趣。对我来说,温暖的被窝比鸟兽更有吸引力。倒是他在石头、木头、泥巴和竹子上的天赋,令我矛盾重重。我们的父亲甚至要求我去帮他打下手,学得一二,也好有个糊口的本领。

这相当于是拜阿隆索为师,我简直反感透顶。更让我恼火的是,面对那些木头和泥土,我比它们还笨。于是有一天,我扔下錾子和锤子,摊开满是血泡的手,朝我父亲吼了起来:我要好好上学,离开这个鬼地方。

"要么跟你哥学,要么跟学校里的老师学,你自己选择。"

我从三年级开始变成一个喜欢读书的人。这不是突然开悟,而是不想变成阿隆索的徒弟。多年以后我知道,那是因为他的匠人天赋让我自卑了。我只能反其道而行之。他沉默,那我就拼命说话。我为什么要沉默呢?我想,沉默是胆小鬼。我长着一张嘴,不说话,难道光用来吃饭吗?

于是,每天清晨,在我家的院子里,阿隆索沉默着敲响锤子錾子和凿子,而我打开课本,打开嘴巴,得意洋洋地朗读课文。我并不喜欢那些课文,但是,我朗读时需要文字。我如饥似渴地发声,对着空气、树木、野草、小河、同学、家畜……我给他们背诵古诗,告诉他们做人的道理,给他们讲故事,甚至给他们唱歌。但我很快发现,我的课本已经不能满足我的表达欲。

我开始四处搜寻旧报纸和课外书籍。在那些泛黄的报纸上,我读到过很多好笑的事。我将这些好笑的新闻读给别人听,别人也跟着笑。他们说,那是过去的事情了。我问,你们相信吗?他们说,大家都相信嘛。时间久了,我已能丢开报纸向人背诵新闻和简讯。在学校里,我站在台上,想象自己是广播里的播音员,向台下虚构的听众播送新闻或旧闻。刚开始时,他们嘻嘻哈哈围着我,像看一只笼子里的猴。时间长了,他们已经将我当成了疯子,不再搭理。那也无所谓,我自己播送给自己听。

那时候我家大门背后的墙上躲着一只广播。一年中的很多时候,它是沉默的,但它一旦响起来,就意味着要开群众大会了。但是某个黄昏,它突然唱了起来,不是之前那种乡村广播员喂喂噗噗的声音,而是另一个男子的声音。他在广播里讲到了一个名字:秦琼。这种叫评书的东西,完全将我们迷住了。他开讲的时候,就连阿隆索也侧耳倾听,那是在他沉默之后,我第一次发现他对某种声音信息表示出兴趣。

那个新来的广播员是个战斗英雄,曾经有一个愿意为他怀孕并背叛所有家人的女朋友。但后来他们没有结婚。这是我听别人说的。当我凭着记忆,学着单田芳的声音在学校里开讲《瓦岗英雄》的时候,同学们又围了过来。他们笑着,甚至给我鼓掌。某天,那个丢了一只眼睛的广播员出现在了我们学校,他给了我一本《隋唐演义》。

而其实比评书更好玩的,是相声。但没有相关的书,我只能凭记忆说,效果比我听的时候要差得多。至于唱歌,则是最没有吸引力的。我唱得不好,而且我会唱的他们也会。所以,我只能唱给不会唱歌的花草虫鱼听。我固执地以为,它们听了我的歌声后会变得快乐。毕竟,在这个世界上,能够用歌声表达自己情感的,估计也只有人类了。部分人类。像阿隆索这样的人除外。

那时我执著于对这个世界发出声音,学习并没啥长进。但这丝毫不重要,因为我无论身处何方,都不会像阿隆索一样,做一个沉默者。是的,我必须得承认,从内心里,我刻意和阿隆索拉开了距离,虽然他是我哥哥。导致这种局面的,其实是父母的态度。不公平。我深深感受到了的倾斜。阿隆索还未沉默之前,他们对他寄予所有希望;阿隆索沉默了,他们曾对我有过短暂的改观。如今,他们似乎又对阿隆索燃起了希望,因为我们家突然热闹起来了。

人们从围观到信任大概经过了一年。那时阿隆索将十二个月分成三份,一四七月是篾匠,二五八月是木匠,三六九月是石匠。那时我家的院子里,堆满了阿隆索的各种作品,简直成了一个手工制品展览馆。但阿隆索还在不停地干活。如此,我们都有理由相信,如果给他足够长的时间,他能够创造出整个世界。

忘记最先来请阿隆索制作家具和农具的人是谁了,拿来的酬劳是烟和酒。都不算是好东西,但也绝不差。我父母自然是高高兴兴地收下了东西。他们知道,终于有人请阿隆索了,这是个良好的开端。

"有人请的匠人才是真正的匠人啊,"我父亲说,"没人请,自己闷着头在家里做,那是神经病。"

很快,阿隆索就变成了一个大忙人。但是再忙,他每天都要赶回家里,每个夜晚,雷打不动地外出。如果雇主家住得远,估摸着赶不回来的话,他就拒绝。被拒绝的人只能退而求其次,买走他之前打造出来的那些东西。院子越来越空,但屋里越来越挤了。香烟、酒、鸡蛋、面条、粮食,甚至治疗跌打损伤的草药,堆满了屋里。我那精明的父亲,面对这些东西,流露出了一丝不满。他专门腾出一间屋子,让阿隆索做了木货架,摆上这些东西,开了阿尼卡的第一家商店。下次再有人拿东西来请阿隆索时,他干脆告诉别人,家里东西太多了,堆不下,还是给钱比较方便。

我父亲说得底气十足。阿尼卡的竹子和树木正在成片倒下,山林里响着砍伐声;石头从地里被刨出,突兀地立在地上,等着阿隆索去雕琢。大家都说,照这样下去,阿隆索的活十年都干不完。我们的父母整天乐呵呵的,一边抱怨家里东西太多太乱啦,一边催促阿隆索干活的动作应该再麻利一点。当然,阿隆索对他们的催促根本就当没听见。

六

我父母再次提及让我做阿隆索的学徒。那时我即将小学毕业。他们对我能够升学这事既不关心,也不抱希望。这三年,阿尼卡人已经习惯了阿隆索的沉默,也习惯了我这张闲不住的嘴。

"闭嘴!"我父母无数次朝我吼,"不说话没人当你是哑巴。"

可是,我的嘴一旦闭上,就感觉整个下巴泛酸,口水直流。有时候,我张大嘴,伸出舌头,像一只热透了狗,但我那调皮的舌头很快就累了,打着滚,翻动起来,我又忍不住呱呱呱说开了。他们给我取了个名字:青蛙。我说话的时候,人们捂住耳朵。甚至,有人看到我就走开了。因为当有人朝我走过来时,我总有各种耸人听闻的话题。

"听说河里涨水啦,河面上铺满了蛤蟆,人们踩着它的背就能过桥。"

"三只脚的麂子又叫了,我亲耳听见的,估计谁又要死了。"

"有个人下地干活,发现一窝老鼠,他堵住洞口打,打了整整一天。然后,他做了一个梦,老鼠说,我们从很远的地方来,我们的脚板都走破了。梦醒,他去查看老鼠,果然脚底全是破了皮的。"

……

我想,我应该是从那时染上的胡说八道的毛病。人们都知道,只要我的嘴一张开,说出的绝对不是什么正常的事。即使这样,我也越来越难引起别人的注意啦。这不是我的想象力不够,而是人们的注意力几乎都在阿隆索身上。

他们络绎不绝地,从四面八方赶来,对阿隆索打造的那些东西赞不绝口。有人当场买下,请人搬走,有人坐在家里不走,只求阿隆索能够亲自登门,好量身定制一些东西。

有天我突然发现,整个阿尼卡都有阿隆索打造的东西,门窗上的雕花,门前的石狮子,墓碑前的雕像,女人背上的箩筐,姑娘们的嫁妆,无一不出自阿隆索之手。他已经不仅仅是一个匠人了,而是在造一个村庄。如果假以时日,他也许还能造一个乡镇,甚至一个县。

阿隆索一夜之间长高了。那时我们已经分房睡。严格说,我被父母赶到了小楼上睡。那里有个小窗子，我正好可以对着窗外唱歌。某天早上起来，我看到他走路像踩了高跷一样。他走进厕所，我跟了进去，发现阿隆索已经长出了鸟毛。如果他出声，此时他应该已经变声了。可惜，我们都没有机会听他变粗后的嗓音。

十五岁那年，他长得和我父亲一样高了。他俩长得很像，一胖一瘦，像是被那种富有魔力的哈哈镜照过了一样。但别看阿隆索瘦，因为长期手握刨子锤子和錾子，手劲在阿尼卡无人能敌。而我父亲则刚好相反。自从阿隆索的工价越来越高，他和母亲已经将土地承包给了别人。他们还不算老，但是，已经提前进入了晚年。如今，他穿着干净的衣服，把自己养得白白胖胖，手里拎个茶杯，得空就去村里转悠一圈，接受别人的奉承。

"太忙了啊，真的，"他说，"我家阿隆索比谁都忙，请他的人如果排起来，估计都能到镇上了。"

他们用一个笔记本记着别人的姓名、地址、日期、需求以及订金数额。他们一天天翻开笔记本，一天天催促阿隆索，但这个家伙，仍然是干得不紧不慢，完全沉醉其间。我父母为此没少抱怨，但仅限于私下的嘀咕。

他们让我做阿隆索的学徒，说是肥水不流外人田，兄弟俩挣钱，比他一个人挣要强得多。说是即使我不能画龙点睛，但帮阿隆索干些粗活也能节省他的时间。这个提议被我拒绝了。

"即使我考不上,我也不想做一个木匠石匠篾匠。"我说。

"那你想做什么?"我父亲问。

"我想离开这个鬼地方,去外面闯一闯。"

但这随口之言,被我父亲当真了。他以一种藐视的口吻说就我这把小骨头,别人伸一根手指就能打倒我。而这话将我那不服气的天性激发出来,我变成了一个武术爱好者。

我去山上背回细沙,制成沙袋,吊着打,盛在缸里,练铁砂掌。我将沙包绑在腿上,奔跑,希望有朝一日当我解下沙包时,能够飞起来。我请阿隆索给我做了一个跟成人一般大的会转动的木头人,在他的周身钉满了手脚,跟他对打,我经常鼻青脸肿。当然,制作一副双节棍这样的事情,我自己就能搞定,只是练的时候总会敲到自己的脑袋。

那时我奔跑在山路上,遇见的人纷纷退避。我知道,他们心里在骂:这个神经病。但我无所谓。我想,即使成不了一个武功高手,也能成为一个强壮的男人。我不想像阿隆索那样瘦。

我经常梦见自己离开了阿尼卡,有时候是骑马,有时候是搭拖拉机,有时候是走路。我梦见自己爬到山顶,眺望远方,看到火柴盒样的房子,却找不到脚下的路。某天清晨,我决定离开。去他妈的升学吧,一点希望也没有了。与其等待考试落榜,不如现在就走。我的书包里,除了课本,还有一本武侠小说《巫山剑》。然而,这是一次失败的出走,我走到半路就害怕了,将这次出走变成了逃学。但是,这次出走让我下定决心离开那该死的学校。

"好吧,随便你,"我父亲说,"既然不想上学,那就算了,你也不是那块料。"

我能理解。他似乎一点也不吃惊,似乎等待已久。现在,他们有阿隆索就足够了。至于我,无足轻重。我的心里只有练武这个念头。我甚至想攒钱去峨眉山、武当山或者终南山。但钱始终是个问题。就连阿隆索也没钱,他挣的工钱全被我父母管着。他沉浸在石头、木头和竹子里,从来不关心钱的事。

我的功夫没有长进,倒是翻跟斗的时候差点闪断了脖子,很长时间斜着脑袋看人,遭人笑话。另有一次,我乘着簸箕从屋顶飞下来,摔伤了腰椎。偏偏那时家里总是有人来,这些笑料被他们带向四面八方。于是所有人都知道了,阿尼卡那个不会说话的天才小木匠有个练轻功的弟弟。他们这些愚蠢的家伙怎会知道,岳不群为了练葵花宝典挥刀自宫的事呢?

在我养伤的那段时间,我父母做了两件事。一是托人给阿隆索说亲,二是张罗着为他收几个徒弟。说亲,阿隆索是乐意的,而至于收徒,却未必。但阿隆索永远是一副无所谓的样子。也许对他来说,不和人说话,只跟木头石头竹子打交道,就已经足够。我们都相信,他有一个我们无法理解的世界。他沉默,关上了嘴,这就隔开了自己和他人。

我们的生活一天天好起来。所以,关于说亲的事,我父母有足够的信心。在阿尼卡人的意识里,婚姻仍然是一种需求。至于所谓的感情,如果它一直沉睡,未曾萌芽,似乎也就不需要了。我父母请了媒婆,许予厚礼,接受了一通天花乱坠的奉承后,媒婆高兴离去。

但收徒的事,只能由他们亲自把关。他们开出的条件是:年龄十五到二十岁,心灵手巧,没有家庭负担,没有工资。他们的意思很明确,就是找几个能为阿隆索打下手的人,好提升他的速度,挣更多的钱。

他们已经规划好了未来。等阿隆索的媳妇一进门,就盖一栋两层楼的砖房,然后将旧房子给阿隆索使用。至于家里的电器,则早已引领了阿尼卡的潮流。他们现在遗憾的是,阿尼卡还没有一条像样的公路,这不利于砖和水泥钢筋的运输,也无法让我父亲拥有他梦寐以求的摩托车。

但是,不管怎样,我们的好日子触手可及。我们完全有理由相信,未来会像沙一样聚起来,成为塔,像水一样聚起来,成为江河。这不是任何人都可以做到的。很多人的日子,到最后就是水和沙,一阵太阳暴晒,一阵风吹过就消失不见。但我们家可以。我们可以张开想象的翅膀,将所有的美好愿望都塞给未来。

对了,我已经在叙述中忘记了时间。四年的时间已经过去。

当我们习惯了某种日子,那么,我们就会忽略掉它们的面目。过一年,和过一天没啥区别。家里永远是锤子錾子和凿子的声音,并且伴随着我神经兮兮的上蹿下跳。不时有人来家里,请阿隆索去做工,或者买走几件他打造的东西。我父亲尤其喜欢这样的热闹。他甚至花钱在房屋旁边弄了一个水泥的篮球场。于是,我们那欣欣向荣的家成为了阿尼卡的公共场合。

这些年,阿隆索每晚都出去。即使我没有和他睡一间屋里,我仍然关注着他的动向。他通常在夜里十二点后出门,五点前回家。他的脚步声从我窗下传来,有时候我会用咳嗽提醒他:我知道。

他的徒弟们和我一样,睡在另一边厢房的阁楼上。他们是六个十八九岁的年轻人,每天跟阿隆索学各种手艺。他们话很少,可能是因为师父总沉默的原因。于是,阿隆索更忙了,相当于有六个人帮他完成那些粗笨的活,他只需要画龙点睛。

阿隆索仍是瘦高个。发育对他来说,是个拉长的过程,而不是长壮。连我都长得比他壮了。他的个子猛长,像个稻草人。但是,当他坐下,手里握着篆刀刻刀或錾子,立刻稳如磐石。

这四年,只有一件遗憾事发生。人们对阿隆索想找对象这事并无多大兴趣。真是奇了怪了。我父母表面上保持着一种优越的沉稳,但内心着急。这事暗中伤了他们的自尊。要知道此前,他们一直以为凭着上天赐予阿隆索的天赋,娶亲这事基本上是应者如云。那时，我不止一次听到他们点评阿尼卡的姑娘们，谁嘴大，克夫；谁目光招摇，淫荡；谁嘴馋，裤带松；谁虽然长得好，但文化低……总之，他们固执地认为，凭着阿隆索的技艺，谁嫁了他，不说相当于进了皇宫，至少也不输于那些有工作的人。

但事实告诉我们：谁也不愿意跟一个不会说话的人生活一辈子。

阿隆索会怎么看待这事呢？我不知道。但我们渐渐发现了一些他的变化：他任由头发和胡子疯长。这让他看起来更像是从远古走来的异类。

如此一来，在人们口口相传中，阿隆索早已不是一个早慧的匠人，而是受各种神灵庇护的神子。鲁班传给他木工，女娲传给他石艺。不时有人将小车停在山下，走路到阿尼卡来请他，但阿隆索从未答应过。只有我知道，因为太远了，他无法回家住。无法在夜里外出，去和他的百鸟争鸣。

阿隆索的徒弟已经增加到了十个。并且后面的四个人是交了学费的。阿隆索的成功，让他们身上的耐力被无限放大。阿隆索不再像以前一样，在院子里干活了。他有了自己的工作密室。那间屋里，终日燃着香和烛。我的父亲，成为了阿隆索和客户之间的联络员和接待。

"风岭的刘大叔家要嫁女，需要一套家具，要喜庆。"

"红石岩的李老先生过世了,儿女们孝顺又有钱,要在碑前立狮子。这事急,其他的先放放。"

阿隆索的工作密室里只有工具声。我父亲的这些话,像是扔进了旷野,连丝回音都没有。但是,我们都知道,他听见了。他会去做。而他的徒弟,立刻就会出发,先去对付那些毛坯石和木头。

但是,跟阿隆索相比,我的失败是如此惨烈。我的绝世武功没有练成。某次去镇上闲逛,跟那里的小混混干了一架。我想空手夺白刃,却被人白刀子进红刀子出,在我的屁股上捅了两个窟窿。

这两个窟窿让我露出了屁股蛋子,遭众人嘲笑。也刺破了我心里的肥皂泡。我的练武生涯就这样被耻辱地画上了句号。于是我在十八岁那年秋天离开了阿尼卡。我要去当兵,去遥远的新疆。我去新疆,并不是受歌曲《我们新疆好地方》召唤,而是因为它远。越远越好,他妈的,最好是南极,让我去欺负那些企鹅。

我之所以去当兵,还有一个重要原因:我的父母他们活得很好,根本不需要我来赡养。阿尼卡的人都知道,阿隆索是一只会下金蛋的母鸡。不管天阴下雨,只要锤子錾子一响,那飞溅而起的不是石屑,而是银屑。那叮叮当当的声音,是铸造钱币的声音。大家都在猜,我们家到底有多少钱?

他们没有理由反对我去当兵。我父亲甚至给钱让我买了一条香烟去送给武装部长。至于他是否为我说了好话,我不知道,总之,我顺利通过了。

我换来了短暂的关注。在离开阿尼卡的前一天,父母为我举办了宴席。他们为此杀了一头牛,请阿尼卡的人大吃大喝了一顿。为了表示郑重,那一天阿隆索和他的徒弟们停了工。但是突然停了活儿的阿隆索显得无比烦躁,我这才想起,这些年,阿隆索除了睡觉时间外,他的手从没停歇。送走了客人,家里笼罩着离别的哀伤。特别是我的母亲,她甚至不再叫我的名字,而是叫"儿子",仿佛只有我是她儿子,仿佛我一离开阿尼卡,就不再是她儿子。

那个夜晚,我决定跟阿隆索外出。事实上,我自从第一次知道他在夜里和百鸟争鸣后,就没了跟他外出的兴致。我只是想陪他多待一会儿。这些年,我不确定我们的父母是否知道这个秘密。但很多我们曾经害怕的东西,现在都变得无所谓了。比如抽烟、喝酒、赌博、睡懒觉,仿佛这些都是父母用来吓唬小孩子的把戏。

阿隆索依然沉默,但我知道他不会反对。在等待外出时机的时候,我们又说了一会儿话。当然,是我在说。

"你一直不说话,心里开心吗?"

"这么多年了,你的舌头还听你使唤吗?"

"哥,难道这个世界,真的不值得你开口?"

"你希望有一个女人吗?"

"我走以后,爸妈就交给你了,让爸少喝酒,我会给你写信的,虽然我已经忘记了很多字,但应该还能写出一封信。"

我知道他不会回答我。这些年,我们都已经习惯只对他说话,而不求他给予任何回应,哪怕是点头或摇头,哪怕是一个眼神。

那天晚上有月亮,天气已经在转凉。我们在父母睡下后出门,阿尼卡静得只有三两声狗叫。院子里飘着牛肉和野薄荷的气味。阿隆索走在前面,长发在风中飘扬。那种感觉,总让我想起远古时候的出猎。

狮山崖边的那个巨石,像只冰冷沉默的猛虎。那是我第一次在月光下打量一块石头。我突然觉得,白天我们看到的静默的石头,只是石头的肉身,而在夜晚,它们将全部复活,奔跑在满山遍野。

阿隆索在石头上坐下,一脸肃穆地望向山岗。此时的山林里,花草树木飞禽走兽都已入睡。他突然发出了一声狼嗥——嗷呜。我的头发竖起来,他发出了第二声——嗷呜。没有狼回应他。这种令人厌恶的动物,曾经是阿尼卡人最痛恨的敌人,它们叼走猪崽和孩子,它们和人们对峙,耐心又狡诈。但是,后来它们消失了。阿尼卡的山林里,消失的不只是狼,还有豹子和猴子。所以我一直在想,最后一头狼或者豹子是怎么消失的呢?是猎杀,出走,还是自然死亡?如果是出走,它们最后又去了哪里?

过了一会儿,阿隆索的嘴里发出了麂子的叫声。这一次有了回应,不远处的山林里,响起了一声麂叫。就这样,阿隆索和它相互召唤,树林摇曳,沙沙沙,那头三只脚的麂子出现在了我们面前。这么多年,我终于见到了它。原来别人说的是真的。这山林里真有一头三脚麂子,传言得到了印证。那麂子识破了眼前的骗局,一转身逃进了山林。

阿隆索笑了笑。我等着他让山间的鸟兽都叫起来。哪知他伸手从衣服下的腰间扯,扯下了一大圈打了结的绳子。然后,他走向巨石旁边的一棵大树,将绳子一头系在树上,一头系在自己腰上,双手握住绳子,像个攀岩运动员一样,从狮子崖上滑了下去。当绳子不再晃动时,我明白,他已经放开了绳子。我也学着阿隆索的样子,将绳子系在腰上,滑了下去。我双脚落地,人已到了狮子洞口。

洞里灯火通明。红灯笼挂在壁上,蝙蝠倒挂在壁顶上,像是已经睡着。阿隆索手执灯笼,给我带路,曲径通幽处,别有洞天。我听到了流水声,但看不见河流。泥塑的门神站立两边,怒目圆睁,满脸杀气。这洞足有一个足球场那么大。但是现在,它已经不再是个洞,而是阿隆索的宫殿。我看到很多个泥塑的阿隆索。端坐堂前的阿隆索。骑在马上的阿隆索。坐轿子的阿隆索。躺在床上的阿隆索,两个泥塑的孩子站在床上,和他并排而卧的女人是萧声声。在狮子洞里,我们那泥塑的父母安详地坐着,皱纹深陷,我们的一些邻居在播种。我看到了自己,正在比划着一招大鹏展翅。

而洞的另一边,则是我爷爷阿拉洛的墓地。我不清楚阿隆索第一次进洞时发现了什么。但是现在,我只能看到令人生畏的墓碑,还有仰天长啸的狮子。碑上的文字,写得很清楚"阿拉洛之墓",那是阿隆索的字,写得歪歪扭扭。

自从进了洞里,阿隆索的脸上一直挂着笑。我从来没有见他如此开心过。我们每参观完一处,他便吹灭照亮那里的灯笼。他一盏盏吹灭灯笼,让黑暗一点点放大。最后,黑暗将我们赶至洞口,月光洒满山崖。

原路返回时,我和他一起陷入了沉默。严格说,是震撼后的沉默。我似乎明白了他沉默的原因,但又无法从他嘴里得到答案。也许他是幸福的,我想,他活在自己的世界里,不再过问我们这个世界的事。但是,我又想,如果一个人永远沉默,那他和泥胎塑像又有什么区别?正如阿隆索打造的那些人和动物,虽然他们神采各异,但始终紧闭着嘴。

那时我当然还不知道,那是我和阿隆索最后一次见面。

在新疆,我见到了真正的狼,它的声音和阿隆索发出的一模一样。我跟战友们讲起阿隆索,没人相信。即使我写信给阿隆索,让他用木头雕了我们连长,并寄回部队,他们仍然不信。他们不信,一个人不是哑巴,但他永远丢弃了语言。他们认为这是我杜撰的奇闻,因为我那语不惊人死不休的毛病,至今未改。

时间久了,我便不再跟人谈起阿隆索,仿佛我没有这个哥哥一样。

更何况,我来当兵可不是为了怀念过去。我浑身上下透着使不完的劲儿,我需要在新的生活和环境中,锤炼一个全新的我。至于阿尼卡的人和消息,我大概每三四个月能够收到一封家信。信是我父亲写的,内容主要是关于家里的变化。公路终于修通了,他们如愿盖起了砖房。阿尼卡唯一的砖房,我父亲在信里写,别人季度(嫉妒)得眼睛都红了。又一封信里,父亲说他和阿隆索一人买了一辆摩托车,但阿隆索拒绝骑车。再后来的信里,不咸不淡,说起阿尼卡的人和事,谁过世啦,谁结婚啦,谁在外面发财啦。而我也潦草地回信,身体很好,领导对我很好,上次比赛又拿了奖……其实,我们都不太习惯书信里那种现实中并不存在的客气。我们在信的开头写上"亲爱的"或"敬爱的",但在现实生活中,我们一辈子也不会使用这样的词。有时候,我们会在信里交换照片,我寄去几张穿军装的,他们寄回几张他们站在新房子门口的照片。在那些照片上,我的父母笑盈盈的,而阿隆索沉默忧郁。再后来,我的家信越来越少。这没什么,这正好说明,我的家人生活得风平浪静。

那时,我已到新疆两年。凭我那些来自天南海北的战友,退伍后我去到很多地方都会得到关照。我再也不会回阿尼卡去做个农民。在退伍前,我准备休探亲假。这时,我收到了家里的电报,内容是：家有事，速回。

当我赶回阿尼卡，那里已经乱成了一锅粥。匆匆行走在路上的人告诉我，阿隆索失踪了，我父母花钱请了全村人正在四面八方寻找。有人负责搜山，有人负责在河里打捞，有人坐车去了县城寻找。人们在巫师的木卦、草卦、骨卦和鸡头卦的指引下，从东南西北各方向像水一样泼了出去。然而，阿隆索像一滴水，一片雪花，从人间蒸发了。

我父母躺在阿尼卡那幢惹人羡慕的砖房里。摩托车已经取代了马，拖拉机代替了耕牛，院里的桃树已经被连根拔起，那里现在是个小亭子。他们的小楼有两层，楼顶种满了花草，一头狼狗拖着铁链，站在屋顶对我狂吠。

我母亲见我便号啕大哭，我父亲则一言不发。也许是离开久了，这个家令我陌生，并且我竟无端紧张起来。而在我们的老宅里，似一阵风吹过，竹子、木头、石材的毛料以及刚动工的粗坯杂乱地放着，空隙间只能容一人走过。学徒们已经离开，不知是去寻找阿隆索，还是已经回家。我进到他的工作间，那里已经空了，连他平时使用的工具都已不知去向。

早在多年以前，我已经从家庭舞台上退到角落里。如今，我被叫回家来，面对这样的局面，像是一幕剧正演着，主角突然撂担子了，只好寻找一个无足轻重的小角色来担纲。我别无他法，只能一遍遍安慰父母。

"也许他只是累了,出去玩几天就回来。"

"他不会回来了。"我母亲说,"我们都清楚,这次他是真的抛下我们了。"

我的父亲一支接一支抽烟,我的母亲哭得几近昏厥。他们这样子,不像是阿隆索消失了,而是像他已经死去。我只能从母亲的哭诉中,去拼凑阿隆索消失的前因后果。

事情的起因是萧大脚的死。那是半年前的事。哑巴萧大脚死了,哑女萧声声哭天无路。阿隆索从我父亲的箱子里拿了钱出来,为萧大脚办了阿尼卡有史以来最风光的葬礼。

"这个杂种,他简直是疯了,"提及这事,我父亲仍然愤愤不平,"萧大脚是他爹吗?红彤彤的钞票啊,就这样一沓一沓给花了出去。"

据说那场葬礼办了九天,杀了三头牛,三头猪,三只羊。阿尼卡人说,萧大脚哑了一生,有这场葬礼,值了。人们从四面八方赶来,围着萧大脚那废弃磨房,大吃大喝。吃饱喝足,他们就唱歌跳舞,唱得声音沙哑,跳得灰尘遮天蔽日。啃光了肉的骨头丢在一旁,阿尼卡的狗和猫成群结队地到来,为了骨头争得你死我活。喝光的啤酒瓶堆成山,在太阳下闪着绿光。魔帕的羊皮鼓响了七天七夜,直到将亡灵引回祖先的身边。萧大脚的墓碑出自阿隆索之手,墓门上的萧大脚在引吭高歌。纸房子、纸轿子、纸仆人、纸扎的马牛羊同样出自阿隆索之手。

"一个假哑巴为一个真哑巴送葬。"所有人都表示不可思议。

那场热闹的葬礼，整个阿尼卡只有我父母没有参加。当别人大吃大喝的时候，他们正在家里咒骂阿隆索。除了咒骂，他们还能怎样？这个家，所有的东西都来自阿隆索之手。别人大吃大喝的哪是酒肉啊，分明是他们的肉和血。

当时萧大脚死了，萧声声哭着跑去村长家，比划半天也无法表达，只好拽了村长往家跑。很快整个阿尼卡都知道了萧大脚的死。按惯例，应该由每家凑钱安葬他。但是，阿隆索却突然向我父亲伸手要箱子的钥匙。我父亲问，你要钥匙做啥？阿隆索沉默，依然伸着手。箱子里啥也没有，我父亲又说。阿隆索突然拿起身边的锤子，三下就砸开了锁。那箱子里，是一沓沓钞票。他们就这样眼睁睁看着阿隆索将钱装进兜里，走出了家门。

我父亲追了出来，拦腰将他抱住。他第一次发觉，儿子是一头沉默的豹子。他根本拦不住他。我母亲哭了起来。她既劝不了丈夫，也劝不了儿子。她哭着说，让他去吧，这些钱，原本就是他挣的啊。我父亲说，是他的也不能乱花，老子有权利帮他保管。但是，阿隆索已经拿着钱走远了。

更多的细节，我父母没有说。他们的意思是，他们对阿隆索已经足够宽容的了。当萧大脚被送上山后,他们抹去脸上的愁云,笑着面对熬红了眼睛的阿隆索。阿隆索睡了三天,第三天晚上,他出去了。那几天连续下雨,我父亲循着泥地上的足迹跟踪到了磨房里。然而,我父亲一转身跑回了家里,像撞了鬼一样。

"他只是装哑,但她却是个哑巴。"

雨下了一夜,他们醒了一夜,直到阿隆索像只猫似的潜回家里。之后的每晚,他们都能听到他外出的声音。我的父母陷入了前所未知的焦虑中。他们突然意识到,这个和他们一起生活了二十几年的儿子,总有一天会被某种力量吸引着离开他们。似乎他从来和他们都不是一路人,他只是在尽某个角色的义务。

我父亲滋生了新的想法。他带着我母亲去了县城,在大街小巷里转了三天,买下一个商铺。他们的计划还不止于此,更长远的规划是在县城开一个家具厂和一个石厂。

"阿尼卡毕竟太偏僻了,"我父亲说,"要想赚更多的钱,还是得去县城。"

就在我父亲沉浸在对家具厂和石厂的憧憬中时,阿隆索突然不干活了。他躺在床上,先是呼呼大睡,睡醒后就睁着眼睛,面无表情地发呆。跟我们上学时相比,父亲已经没有了雷霆般的吼声。他负责接待上门的客人,让我母亲去跟阿隆索沟通。

"阿隆索,起床了,"我母亲像我当年一样,伸手去摸阿隆索的额头,但未发现感冒症状。

"有客上门啦,"她又说,"眼下还有好几套嫁妆没有动工,这可是不能拖的。"

阿隆索翻过身,面对着墙,拉过被子蒙住了头。我父母交换一下眼神,若无其事地和客人聊天,了解对方的需求,收下订金。

"他有点感冒了,不碍事,"我父亲说,"我先安排他的徒弟们把材料准备好。"

他们用同样的方法应付了三天。阿隆索将自己关了三天,不吃不喝。当他打开门时,所有人都以为这事就这么过去了。哪知他当着客人的面,将自己的篾刀、刻刀、锤子、錾子等工具全部埋在了屋后面的土里,又回去关上门继续睡觉。人们将这个消息带到了四面八方,如同他们当初传播阿隆索神乎其神的本领一样,听者无不吃惊。

我父亲焦头烂额。因为客人已挤满家里,要求加快进度或退款。看在钱的分上,我那不可一世的父亲,赔着笑脸,作保证,拍紫了胸脯,总算安抚好了客人的情绪。

但客人一走,我父亲彻底爆发了。

他一脚踹开阿隆索的卧室门,想一把将他抓起来。但是,阿隆索已不是沉默之初的那个他。阿隆索一手抓住床沿,沉默地瞪着我父亲。是的,瞪。这个眼神令我父亲不寒而栗。他的语气软了下来。

"起来干活了,儿子。"他说,像是什么事都没有发生过一样,

"有了钱,才有女人看得上。"

阿隆索又倒头睡了下去。我父亲沉默地坐在床边。我想,那时的沉默像一团巨大的墨,在水里散开,直到天暗下来。他们就这样对峙了一天。我母亲无数次走到房门外,举手,却不敢敲门。天黑的时候,我父亲败下阵来。

他扑通一声,跌坐在地,嘤嘤嗡嗡哭了起来。

这是我母亲告诉我的。我无法想象我那一生只让别人哭的父亲自己哭起来是什么样。他边哭边痛诉,叹自己前半生身体辛苦,后半生心里苦。但是,躺在床上的阿隆索无动于衷。我母亲对我说这些的时候,我父亲耷拉着脑袋,一支接一支地抽烟。他泪渍未干,言语哽咽,整个人瘦了一圈儿。

他们一定想起了一九九三年时的情景。因为他们同样将最后的希望寄托到了魔帕身上。还是当年说阿隆索的身体里住着三个鬼的魔帕,只是他也老了许多。他摇响法鼓,跳起来时的步伐已经踉跄。当他大汗淋漓地停下来时,说出了一个令人绝望的结果。

"他的心里有个黑洞,我看不清。"魔帕颤声说,"但我听见那洞里也有一个魔帕在念咒。"

"随他的吧。"

我父母遵照魔帕的意思,不再打扰阿隆索。他仍然在夜晚外出。关于他不再干活的事,已被讹传成他一夜之间丢失了所有技艺。我能够想象,对我父母来说,那是一段多么灰暗的日子。像一场梦醒来,像一阵风吹过,像一场雪融化,重要的不是失去了什么,而是留下了什么。比如阿隆索,他留下了一栋砖房,一个商铺和一个众说纷纭的谜团。

噩运并未结束。大约半个月前的一天夜里,阿隆索外出后就再也没有回来。我父母不敢声张,只能静坐家里等待。但他们等来的却是另一个消息:萧声声不见了。然后,两个消息很快就合并成了一个:阿隆索和萧声声都不见了。

半个月来,阿尼卡的人奔向四面八方,他们的目光像网,像笼子,像放大镜,但始终没有发现阿隆索和萧声声的身影。现在,他们带着相同的消息,重新回到了我家里。他们向我父母汇报寻找的过程,并拨动算盘,在纸上写下歪歪扭扭的数字,报销了寻找过程中的吃住行开销后,每人每天领到了五十元酬劳。

他们像是统一了口径,给我父母同样的安慰。

"别担心,阿隆索会回来的。"

当屋里终于清静下来,我和父母再一次谈起阿隆索。

"他不会回来了,"我父亲说,"这个杂种,就当他死了吧。"

"你别骂他了,"我母亲说,"作为一个儿子,他已经完成了他的任务。他走了,我们还有阿隆嘎。"

我沉默。我只能沉默。

猛　犸

拉巴山头雪

雪白得很。白和黑一样,铺满了视野就等于没有。所以,起初,我的眼前空无一物。后来,慢慢地我看到拉巴山头的茫茫雪地上,飘荡着红色巾幡。它在风中,向南招展,猎猎作响。一只鹰划过雪域上空,惊唳的叫声像一道闪电。

鹰是我们的祖先。更准确地说,我们的祖先是鹰的第九个儿子。

我跪了下去。雪,热气腾腾。此前我只知道血是热的,很烫,能熔化刀子。但我平静地跪着,任由热气从膝盖处注入我身体。那只鹰朝我俯冲下来,速度越来越慢,叫声越来越柔和,咕咕咕,像只鸽子。

我热泪盈眶。鹰的翅膀拍打着,空气动荡起来,凉丝丝地拂过我的头顶。

"回去吧,我可怜的子孙,别再四处游荡。"

"可是,我已经翻过了黑角崖。"

"我知道。居木家的人像风,黑惹家的人像石头。但是,我的子孙,你想往哪走?"

"猛犸镇。"

"那里并不是别人说的或你想象的那样。"

"但我总要去到一个地方,猛犸镇、虫圆、洛古拉达,不管是哪里。"

"那么,看巾幡吧,我的子孙。"

风已经改变了方向,巾幡向北。北方是茫茫雪地,我是一个移动的小黑点。我踩在雪地上,连一个脚印也没有留下。雪在脚下发出吱嘎声,像一只不知疲倦的时钟。我两手空空。向前走吧,我告诉自己。

"过了梁王山,就是黑角崖,向东二百里,便是拉巴山,山上终年雪,雪地一杆旗,指引你前进,南方不可去,北方多猛兽,东方似火炉,西方黑沉沉。"

我想起哑巴爷爷说这段话时的情景。那时我三岁,那时他躺在臭味弥漫的病床前。某个太阳热辣的夏天中午,蝉在屋外鸣叫。家里只有我和他。我端着一杯水,摇摇晃晃来到他面前。他突然开口说那些我听不懂的话,末了对我发出警告:"如果你告诉别人我会说话,你就会丢掉舌头。"

我颤抖了一下,尿意汹涌,拼命点头。此后的日子,每当父母和哥哥们下地干活,我便来到他床前,听他说那些我根本听不懂的话。我害怕真的丢掉舌头,直到他过世,我都未向人说起他的秘密。

多少年就这么过去。当他已经变成一堆白骨,当我已经长大成人。

那是我在这个城市游荡的第三个夜晚。我坐在滇池边的水泥椅子上。我的背后,是春节期间空荡荡的城市。我的前面是并不宽阔的高原湖泊和西山。风将腥臭味送到我的鼻前,我打了个喷嚏,吓坏了几个禁渔期的捕鱼者。他们拼命划动木桨,消失在了黑暗的水域里。

然后,我听到鱼跃出水面的声音。不是一只,是无数只。这些脏货,受到重度污染的水面变成了它们的弹簧床。它们全以鲤鱼打挺的姿势射向岸来。起初我以为这是它们的某种习惯,但很快我就明白了,它们是在向我发起进攻。它们从水里弹跳而出,朝着我飞来,用尾巴拍打我的脸,向我的眼睛喷射污水。有几只鱼甚至在我大叫的时候,企图飞进我的嘴里。如此,我连叫声都不敢发出。闪电照得鱼鳞像飞镖,寒光四射。

我转身逃跑,鱼们还在纷纷跃出水面,然后又落进水里,扑通之声不绝于耳。第十七道闪电,撕开了一个陌生的世界,照亮我那被遗忘的秘密。

面对茫茫拉巴雪山,我的恐惧如此真实,有胃的痉挛和身子不由自主的颤抖。拉巴山头,足以跑死马。我何时才能翻过山,到达猛犸镇?

突然,我听到了马嘶。那是一种久别重逢的欢呼。紧接着,我的前方,白色的天雪交界处,出现了两对并行划动的黑点。没有声音,那四个黑点像是踏空而来。但这无声的节奏似曾相识。难道是"白鹤"?三声嘶鸣过后,我确定了,它就是"白鹤"。这匹比我小一岁的马,它似乎从来就不是一匹马,而是一尊神。你休想让它干一点马该干的活,踢飞驮子,掀翻背上的人是常有的事。它的全身都是武器,嘴、脚、尾巴,随时都会猝不及防地朝人袭来。这让我父亲特别恼火,无数次想把它杀掉或者卖掉。但是,它对我却不一样。它驮着我慢悠悠地行走在阿尼卡的山路上,似乎是为了打破别人对它的传言。

如今,它朝我奔跑而来,白色的身躯融入雪景,黑色的蹄子慢下来,最后停在我面前。我抚摸它的额头,它打着响鼻,摇动鬃毛,用它的长嘴蹭我。它呼出的气息冰凉,眼神欢快。

"这么多年了,你还活着。"我说。

马朝我慢慢俯下了身子。我跨上马背,它奔跑起来。阿尼卡山区的人都是骑马好手,而我,四岁就开始在"白鹤"的背上磨练骑术。我们奔跑起来,一次次撕开寒风的包裹,耳畔发出尖啸。我索性紧紧闭上了眼睛,将命运交给胯下的马。它四脚凌空踏平,像是真的飞了起来。

直到我站在了进入猛犸镇的路口,我还没有从刚才的奔跑中回过神来。那混沌中的奔跑,已将我一点点撕碎,丢在了风中。而现在,我那些散碎的肢体和如丝如缕的思绪,正从后面追上来。我得等等它们。趁此机会,我打量了一下眼前的猛犸镇。

漫天的雪,压着这片低矮的由石头和泥土砌成的房屋。四周很安静,雪将我眼前的世界映照出一种瘆人的白。茂盛的杂草从雪地里顽强地昂起头,而大雪正在一点点吞没它们。这寒冷的天,道路上的安静是正常的,但是,屋顶连炊烟都没有。倒是有的房顶上,有白色的旗子,已被风撕成丝缕。

"白鹤"在我身边,竖着耳朵留意着四周的动静。它和我一起望向猛犸镇。也许我们内心都一样吃惊。我以为这是一个小镇,哪知是一个村庄。

"大槐树下拴着驴,离它远一点,它的前世是猛虎,虎性永难改。"

我爷爷念叨这些话时,他的身体正在一点点溃烂。起初只是被蚊虫叮咬的针尖小口,然后一点点扩大。只有在我开门的时候,屋里才会有一丝光降临。

"你听着,"他说,"我们是这样来到阿尼卡的,我死后,要沿着这条路回去。"

"回到哪里?"

"祖先的身边。"

"你为啥不再说话了?"

"因为他们不再相信。他们只相信自己亲眼所见。走着瞧吧!"

那时他告诉我这一个个地名,我从来没有想过,这些名字会在我的记忆里复活。比如那头驴,我真的看见它站在树下甩着尾巴。猛犸镇在,毛驴也在。

我向前走,"白鹤"跟着我。雪下得几乎挡住了视线。若非骨肉之间还有皮相连,我可能已经冻掉了双腿。我敲敲头,捏捏腿,丝毫不觉得疼痛。但恐惧和疼痛是两回事。

我向雪地里插进两条腿,又奋力拔起它们,像一支笨重的圆规,左右晃着向前挪动。我的目标是最近的那间房子。它已经快被雪掩埋了。我不确定屋里是否有人,但总得试试。我举手敲门时,发现那是石门,几乎发不出声音。可里面已经响起一个微弱的声音:

"哪个?"

"是我。"

我等着对方再问我点什么,但里面却没了动静。我下意识地想,难道里面的人死了?我正抬手准备第二次敲门,里面传来了一阵咳嗽声。

"进来吧,"一连串的咳嗽声过后,又说,"门打不开了,从左侧面进来。"

积雪将左侧面墙上的洞堵了一半。我扒开雪,毫不费劲地进了院子里。荒草丛生的院子里,树根穿插其间。我的第一感觉是如果没有这些树根的牵引,这屋子可能早已坍塌。同时,这些树根也让我只能佝偻着行走。但我很快发现自己无处可去,因为这并不是院子,而是一间屋子——并且只有这一间屋子。幸亏有光从雪洞射进来,不然这里几乎密不透风。

"你从哪里来?"

"你在哪里?"

"我在床上。告诉我,你从哪里来,年轻人。"

"我没看到床。我只能看到光照射到的地方,这里似乎没有床。"

"床在光照不到的地方。说吧,你从哪里来?"

"我不知道该怎么回答你。我只是路过这里,我在找一个可以给我一碗水喝的老人。"

"噢,明白了。你这个小可怜,这不是你该来的地方。你应该回去。"

"我不想回去。"我说,"我要去虫圆。"

她笑了起来,一只顺丝滑下的蜘蛛被她的笑声吓得逃回了黑暗中。

"你连住在猛犸镇的资格都没有,还想去虫圆?你身上散发出自己不知道的气息。"

"那个给我水喝的老人,会告诉我路线。"

"这里的人自己都只能靠雪解渴。趁别人发现你之前,赶紧走。"

这时,我发现有东西不经意地进入了我的余光里。而一旦发现,就无法忽视。当我明白自己已经被包围起来时,下意识地叫出声来。大概有十来个吧,男女老少,他们围住我,看着我,似在等我发现他们。

"阿桂,来客人了也不通知我们一声?"说这话的老人赤着脚,下身穿一条由各种碎布拼凑而成的厚短裤。他的头发稀疏,全白了。嘴上叼一个空烟斗。他说话时,朝其他人挤了挤眼睛,我发现他只有一只眼睛。

"不是客人,"阿桂在说话的同时,弄出窸窸窣窣的声音,我以为她是在穿衣起床,但半天也没有来到被光照亮的地方,"是个迷路的,身上还散发着那种气息。"

"噢,"赤脚老人朝我走过来,仔细盯着我看,"你家在哪里?"

"我无法准确地回答你,"我说,"在阿尼卡或者十二道岩。"

"哪家?"

"居木家,"我说,"我爹是阿尼卡最喜欢玩骰子的人。"

"你是那个被送人的孩子?"

"是。"我说,"我四岁去了十二道岩。"

阿桂终于走到了亮光下。她是个穿蓝色对襟衣服的老奶奶,头上的青布帕子缠成一个轮子状。

"居木魔帕的孙子,来猛犸镇找一个可以给他水喝的老人,"她说着朝其他人看了看,怪笑着问,"你们谁能拿出一碗清水?"

其他人退到了亮光之外,被黑暗吞没。但我知道他们还在,呼吸声此起彼伏。

"我要去虫圆,在猛犸镇有一个老人会给我喝一碗水,然后告诉我去虫圆的路。"我面向黑暗重复了一遍。

"我们都想去那个地方,"阿桂说,"但我们谁也不知道去虫圆的路。你爹就是去寻找出口却再也没有回来。"

"我爹欠了别人的赌债,跑了。"

"你还在梦里,"阿桂说,"你根本不明白自己身上发生了啥事。"

阿桂说完这话后,也退到了黑暗中。有风从洞里吹进来,发出尖啸声。一只硕大的山鼠从亮光下跑过去,但没人表示惊讶。

"既然你是居木家的,那就住下来吧。"阿桂的声音从黑暗中传来,"但你必须晓得,收留你,有可能会为给猛犸镇带来噩运。所以,当你知道了去虫圆的路,要带上我们一起走。"

"我不想住下来,但又没处可去。"

眼下的情况很糟糕,我困在了猛犸镇。如果我喝不到那碗水,就无法去到虫圆。

"你们知道我爷爷在哪里吗?"

"居木魔帕当然是在洛古拉达了,"阿桂说,"而我们,永远到不了那里。"

老君滩　风

当然,不可能有一条船在岸边等我。老君滩的水,相互缠绕着,时而抱成团奔涌,时而突然决裂,四散着砸向岸边的石头。隆隆水声已完全将世界覆盖。突然蹿起的浪花,瞬间遮住我的视线。浪花退去,我看见了对岸白茫茫的雪山。

在此前的一段时间,我在密林里狂奔。树枝、藤皮、荆棘,划向我赤裸的身子,疼痛一次次袭来,直至麻木。被风送到耳畔的,还有阵阵吼声。我怀疑那是豺狼虎豹之声。我腿上的那块肉,如今已经被狼吞下肚了吧。幸亏只是一块无关紧要的肉。

太阳炽烈地照射着,光芒像金色的细吸管,从万物身上抽走水分和气息。我感觉自己快被烘干了,如果风再猛烈一些,它会像吹纸人似的将我带走。蜜蜂的嗡嗡声被更大的吼声湮没,它们无声地围着野花采蜜。蚂蚁已将树干占领,层层叠叠,让树枝和树干变得粗壮。红色和黄色的松毛虫被赶到了松树梢,只能靠松针度日,回头的路已被蚂蚁堵死。没有一个季节能统治这丛林,奔跑中我已经经历了春夏秋冬。

老君滩突然出现在我眼前。我这才知道,密林中的吼声来自流水。我望着湍急的流水,很快有了眩晕感。我挣扎了几下,靠双手的平衡稳住身子。我腿上的那块肉,对狼来说,无疑只够塞牙缝。它会嗅着血腥味,一路追来。它还会呼朋唤友,跟其他肉食动物一道,将我大卸八块,分而食之。

"狼是你前世的仇敌,埋伏在丛林里。要啃你的骨,吞你的肉。会上树的,往树上爬;会遁土的,朝土里钻。如果你两样都不会,那就找一棵红樟木树跪下。天空响过炸雷,你再往前跑。向南二十里,就到老君滩。"

而现在,当我站在老君滩岸,已经被眼前怒吼的江水吓破了胆。难道我又走投无路了?我回头看来路,密林静悄悄,而这静,似乎是在等待某一瞬间突然而至的声响。

我这一生都在经历这样的走投无路。就像那时我站在雅江边,想要纵身跳下去。结果,那里却打通了一条长长的火车隧道。那是我停留最久的地方,从夏天到秋天,我的腿泡在泥水里,凿开百花山,让铁轨和火车从山肚子里穿过。

夏天快结束时,杨清秀带着一个男人从十二道岩来找我。她说,这是我男人马川,我已经跟他睡了。她说这话的时候,那个叫马川的家伙得意地向我点头做证。我笑着朝他走过去,一拳砸在他脸上,他滚到了壕沟里。

"你打死他也没有用。"杨清秀说,"我爱他。你懂吗?爱!"

"我不懂,"我如实回答,"我只知道我在你家当牛做马十几年,就是为了娶你。"

这时,马川从壕沟里爬上来,脸上是血和泥。

"这一拳,是我欠你的,我们两清了。"他说。

"十几年换一拳?这买卖真划算。"

这一次,我没有朝马川面部挥拳,而是用脚蹬向了他的档里。

他跌坐在地上,但没有出声。

"你打死他也没用,"杨清秀说,"如果你成全我们,你还是我哥。"

"滚吧!"我说。

六月天,雅江浊浪翻滚。连日阴雨,山洪暴发,有人在梦里被卷走。我想,如果在梦里死去,倒也是一种幸福。他们会梦见自己的死吗?

江水一浪接一浪,多少原本坚固的东西被带走。就像我十几年的时光,被杨清秀轻轻抹去。

那一天,她抽走了我的骨头,让我匍匐在地变成了一条蛇。既然是蛇,就要有蛇蝎一样的心肠。我怎能如此罢休?

我回到十二道岩时,家里正在大张旗鼓为杨清秀和马川操办婚礼(他入赘到十二道岩)。我在唢呐声中走向众人,他们把我当成了一条巨蟒,向两旁闪开,目光里流露出同情与好奇。众人为我留出的路,通向了堂屋。那里,我的养父母正襟危坐在上方。杨清秀和她的男人跪在垫子上,正在接受老人的祝福。

我走了进去。司仪大张着嘴,却丢失了声音。所有的目光落在我身上,雨点一样。一对红烛在神龛前燃烧,它们的速度一样。屋里焕然一新。墙壁、家具、电器,全都不是我离开时的样子。

"这是我和杨家的事,麻烦不相干的人出去。"我说。

那些看热闹的人面带惧色退了出去。我亲自闩上了门。杨清秀掀开了红盖头。她的头发烫了卷,染成栗色。马川继续跪着,像一个泥塑。

从我出现在众人面前那刻起,他们都已看见了我绑在腰间的炸药包和我手上的香烟。

"我回来了。"我说。

没人说话。我的目光依次从他们脸上扫过去,他们一个个面如土灰。

"爹,我回来了。"我冷笑着看向养父。

他从正上方站起身,颤巍巍地朝我走来。走到中途,我朝他一指,他赶紧收住了脚步。

"回来了就好,"他颤声重复,"回来了就好。"

"你恨不得我死了才好吧,"我说,扔下烟蒂,又重新点燃香烟,"我回来讨个说法,你们谁先说?"

"你想要多少钱?"马川试图直了身子,被杨清秀按下了头。

"今天是个好日子,你想大家同归于尽吗?"我笑着问他。

马川趴了下去,化作了一摊烂泥。我的养父母发出嘤嘤嗡嗡的哭声。我很熟悉那样的哭声,就像小时候我遇见躺在树荫里的恶狗。它发出呲呲声,我发出嘤嗡声。

"放他们出去,我陪你死。"杨清秀使出浑身力气,朝我吼道。

"好啊,"我说,"只要我点燃导火线,嘭,我们就同年同月同日死了。"

瞬间,杨清秀也软绵绵地趴在了地上。现在,我依然清晰记得那种感觉。腰缠炸药,我变成了巨人。眼前这几个可恶的人,他们不过是几只蚂蚁。他们连靠近我的勇气都没有。他们谨言慎行,察言观色,以防我引爆炸药,送大家上西天。

我的养父定定地站着。没有我的允许,他不敢向前走一步。其他人也一样,除了呼吸和颤抖,和死人没有区别。

"好了,既然你们不说,那就我说吧。"我依次从他们面前走过,看他们时,我能感觉到自己的目光如刀。

"钱,我一分都不要,"我看着马川,然后目光移到杨清秀身上,"人,我也不要了。但是,我要你们给我赔罪。"

我坐到了堂屋里那张黑漆方桌的正上方,看着养父。我很满意,他在我的目光中低下了花白的头。

"跪下吧,"我说,"你们四个,给我跪下,我在你家十八年,你们每人磕十八个响头。"

他们四人的目光交织在一起,四张脸因为恐惧而扭曲,四张嘴里的牙齿磕碰着,早已不受控制。

"来,从你开始,"我看着养父,"你是老人,带个头,磕十八个头。七十二个头磕完,我放你们一条生路,至死不再纠缠。"

养父走到方桌前,看了看我,嘴角突然掠过一丝笑意。然后,他大大方方地跪了下去。马川和杨清秀嘴里同时叫了一声"爹"。

"我们代他磕吧,"杨清秀说,"他六十岁的人了,向你磕头会折了你的寿。"

"放心,即使我明天死了,也不会怪你。"我说。

杨光学的脸上挂着一丝笑,朝我磕下了第一个头。我听见他额头触地的声音。马川和杨清秀也在慌乱之中开始磕头。一,二,三,四,五,我在心里数。

当磕头声第八次响起,门闩突然朝我飞了过来。三个警察站在门口,其中一个用手枪指着我。

"别动,"警察吼道,"动就打死你。松开手指。举起手来。"

我的脑海里一片空白。出于某种我自知的原因,我松开手指,烟头掉在地上。我举起双手,像电视里那样,抱住了脑袋。那两个没拿枪的警察朝我扑来,一个扣住我的双手,一个在我腰间忙开了。

"只有导火线是真的,"从镇上骑着摩托车赶来的警察拆开我的"炸药包"后说,"连雷管也没有,里面包的是白泥巴。"

众人哈哈大笑,如释重负。警察从腰间掏出手铐,卷了我的双手从背后铐住,说要带回派出所了解情况。但是,他们在半路放了我。

"你的情况,我们已经了解了。你走吧。带你离开,是保护你,不然,他们会打死你的。"

从此,我再也没有回过十二道岩。

当我站在老君滩边,关于十二道岩的回忆像弹片似的击中了我。我知道,我又要发疯了。

我纵身跳进了老君滩。激流旋风般卷过来,我的双手下意识地挣扎着,在江水中打转。浑浊的江水扑面而来,灌进我的嘴里和鼻里,我的咳嗽声完全被覆盖。老君滩是这条江上最险的地方,我的挣扎多么可笑。一块石头会沉入江底,一片树叶会顺流而下,而我连它们都不如。

后来我想,失去意识的感觉并不比夜晚突然断电更恐怖。因为根本就不存在我,不存在世界,当然也就不存在恐怖。真正令人害怕的,是当我在河岸醒来。江水浩荡,不知从何而来的力量时而推动流水,拍打在岩石上。而我,赤身裸体地躺在岸边。瀑布挂在眼前,这已经不是我下水的地方。狼群已经赶来,在对岸张着嘴,发出叫声。

"这么说来,你是靠回忆来到的猛犸镇?"

"准确说,是断断续续的回忆。"

"你爷爷死前开了口?"

"是的,"我说,"只有我知道。"

"他以沉默报复了阿尼卡的人,"阿桂说,"他让我们尝尽了苦头。"

虽然我看不见,但我知道阿桂此刻就在不远的地方。她的声音气若游丝。说到我爷爷的沉默,阿桂也不再说话了。狂风扫过猛犸镇的夜晚,这屋子的破洞口发出哨音。这样的夜晚,真不知道猛犸人该如何度过。风怒吼着,从洞里钻进来,巨蟒般地扫荡着屋里。空碗和酒杯在黑暗中滚动,叮当作响。

"对了,你饿吗?我这里只有酒,你自己去倒。"阿桂说。

我并不嗜酒,但实在害怕这风声。我按她的指令找到了酒,用一个粗糙的红土碗喝下半碗,但身上并没有因此而暖和起来。这里真如她所说,除了酒似乎没有别的东西吃。

"你不吃饭?"

"饭已经被蚂蚁搬空,只有等明年了。"

"你不饿?"

"猛犸镇的人都一样,胃已经枯萎。我们根本不在意胃的问题,因为这里还有比饥饿更可怕的事情。"

"那是什么?"

"是没有期限地等下去。"

"等什么?"

"我们也不知道。但当你来到猛犸镇,我们开始觉得你就是我们要等的。明天,我带你问遍这里的所有人,寻找那个可以给你一碗水的人。"

"现在是几点?"

"这里不用钟表,时间在这里是不存在的。"

破洞口的声音突然变小了,我想是风快停了。但我很快意识到并不是这样。

"你们也来了?"阿桂突然问。

"嗯,"我听出了一个陌生的声音,"我们有话要问你,是不是经书指引你到猛犸镇的?"

"经书?"

"如果没有经书,你这样的人永远只能四处游荡,根本到不了猛犸镇。"

"经书被烧了,你们都看见的。"阿桂说,"他之所以来到这里,是居木魔帕告诉他的。他并没有哑,你们没想到吧。"

没有人发出惊异之声,倒是有人长舒了一口气。

"如果真这样,我这心里倒是好受了一些,"有人朝我走来,冰冷的呼吸触到了我的脸,他在黑暗中抓住了我的手,"请你告诉我,他开口以后有念咒人经吗?"

"没有吧。"我说得底气不足,因为我不知道自己到底忘记了些什么。

"抓他那天,是我带的头。"这人发出一种奇怪的笑声,像哭。

"抓去哪里?"

"黑屋子里。"

"哦,对,屋里太黑,我应该点灯的。"

阿桂点燃半截白蜡烛,在照亮半个屋子的同时,也照亮了她的脸。不知她什么时候流的鼻血,此时正用搓成筒状的草纸塞住鼻孔。那血不断地浸湿草纸,她不停地将草纸卷成筒备用。抓住我手的,是一个穿羊皮袄的老爷爷。看到光亮,他轻轻放开我的手。屋里挤满了陌生的面孔,我无法一一去描述他们。

"你流血了。"我对阿桂说。

"已经流了二十年,习惯了。"她说,"自从我离开阿尼卡,就一直流血,但还是没有流尽我的罪过。"

"你有什么罪?"

"谁没有罪?我们住在这里,就是最好的证明。"

风声突然大了,像激流奔腾过峡谷,带着摧枯拉朽的力量。我听到树木被拦腰折断,还有什么东西被风吹了四处乱飞,发出乒乒乓乓的声音。驮我来的马在外面发出嘶鸣,围着阿桂的家奔跑起来。但是,我知道它不会离开。

阿桂一次次点燃被风吹灭的白蜡烛,一直在搓着手上的草纸。光亮照见的地方,一张供桌上,有两个早已干瘪的苹果,以及半块已经发黑的米花。这些东西都不能吃了。那几个身处黑暗中的人,此时正发出呻吟声。仿佛他们全身上下正在破碎或遭受着某种碾轧。我坐在一块冰冷的石头上,寒流如锥如刺,已控制不住身体的哆嗦。烛光在风中摇晃着,挣扎几下熄灭了。这一次,阿桂没有再去点蜡烛。

"你了解你爷爷吗?"我听不出来是谁在问话。

"我四岁就去了十二道岩,他死时我都不知道。"

"他是个高人,你的祖父、曾祖父、高祖父,都是高人。你难道一点也不了解他们?"

"我只知道我爸是赌鬼、酒鬼,家里穷得养不活我们兄弟五人。所以,才把我送了人。"

"你家祖上给亡者引路,但是,到了你父亲这一代,堕落了。"

"那些被你祖上收拾过的魔鬼,会在不同时期附在你父亲身上,让他变成恶魔。"

"从没人告诉过我这些,我们早就不再是父子了。"

四周一片黑暗。但我知道他们就在离我不远的地方。他们瘦得像篾片,没被风吹走已是万幸。他们的气息不时交替呼到我脸上,让我浑身难受,但又不敢表示抗议。

"你现在又记起什么了吗?"

"没有。"

"那你还记得啥？"

"猛犸镇有个老人会给我一碗水喝,会告诉我怎么去虫圆。"

"啊！虫圆。"有人叫着这个地名,哭了起来,"听说那里比猛犸镇好不止十倍,也许我们永远也到不了那里了。"

她哭了起来,透着伤心、绝望和忏悔。她的哭声传染了别人,那些原本干瘪的脸拧成了麻花。她的脸上没有眼泪,就连声音也是微弱的。

"外面还在下雪吗？"我问。

"这里的雪从来没有停过,"黑暗中有人回答,"一边下,一边化,不多不少,一直覆盖着猛犸镇。地里颗粒无收,我们吃的是雪。"

"饿不死,也活不好,浑身无力……"这是另外一个声音。

一团亮光降临洞口,继而我渐渐看清了围坐在我四周的人。原来,他们一直席地而坐,闭着眼睛,瑟瑟发抖。

"天亮了。"我说。

他们纷纷睁开眼,活动着瘦巴巴的胳膊和腿,转动脑袋时,脖颈发出咔咔声。阿桂的床在光照不到的地方,此时,那个角落里先是传来窸窣之声,然后阿桂走到了亮光下。她的鼻孔里,还塞着草纸团。

"走吧,我们去寨子里看看。"阿桂说着,带头走了出去。

雪迎面扑来,大家都缩短了脖子。严格说来,这里连个寨子都不算。其实就是偶尔有几间破房子散落在山坡上。他们带着我从树与树之间穿过去，不时有雪团从树上落下来。阿桂提醒大家当心头顶的落雪，她已经被砸了两次。

"树越来越少了，"那个羊皮袄老人一直跟着我，"总有树会被雪折断，总有一天，猛犸镇会变得光秃秃。"

我看向更远的地方，雪挡住了视线。阿桂在一个低洼处停下，那里积雪更深，快没过了大腿。阿桂站在一个隆起的雪堆前，看了看，开始动手扒雪。她扒开雪，露出一道青石大门。

"这是九奶奶家，"一个穿红衣的小孩，他一边跟我说话，一边搓着双手，脸冻得红扑扑的。

"我叫石才，"他说，"我已在猛犸镇住了二十年。"

"你多大？"我问。

"我来这里时，是十一岁。我是从七零水库里游过来的。"

我知道七零水库，距离阿尼卡大约有五公里。这个水库修于1970年。

梁王山　雷电

"有七条道路通向梁王山，但你只能走第四条。雷声滚过天空，你要匍匐在地，同时看清闪电照亮的路。"

铺开在我面前的七条道路，像一只巨大的公鸡从这土地上踩过，留下了爪痕。第四条路，细细的，弯弯的，消失在了黑暗尽头。我不敢贸然前行，停住脚步，心里还在想着那些从水面飞跃而起的鱼。从那越来越远的狗叫声里，我知道自己已经远离人烟。

那时还没有下雨，但天已经黑得无法前行。我看见闪电在黑暗的天际悄然划过，继而越来越明亮，连成片，照亮了四周。我身处怪石嶙峋的野外，第四条路，在石与石之间。炸雷响起之时，我以为那是从山上滚落的石头。那炸裂之声既想毁灭世界，也在毁灭自身。也就是在那一瞬间，我看见了怪石后面的巨蟒。

起初我以为，那是一棵被风刮倒的树，一半插进泥土，一半斜刺向天空。但当第二道闪电亮起之时，我看清了高于石头的部分是巨蟒的头。它以下半身为原点，迅速转动着，绿宝石样的眼里，发出耀眼的光。

关于巨蟒，阿尼卡人说，它们生活在山洞或丛林里，冬天蜷成一团，春天伸成一条，它们懒得动，除非被人踩到身子。可是，那晚在通往梁王山的路上，我分明看见了巨蟒用上半身在空中跳舞，张大了嘴。

我下意识地改变了路线，朝另外的石头之间狂奔。然而，巨蟒们似乎等待已久。它们的头和尾，都是有力的武器，像一把横空劈来的刀。这时我明白了，那些和我差不多高的石头，可以挡住它们的攻击。我一次次趴下，一次次起身，最后索性将自己变成一条蛇，贴着地面，靠双肘支撑前行。巨蟒划过空中，带着尖啸，此起彼伏。而雷电一次次劈在石头上，像铁锤落在砧子上。

由此，我想起四岁之后，养父在我身上的捶打之声。

我不止一次地逃跑。我要回到阿尼卡。有时是早上，迎着太阳走，穿过密林和荆棘，听见十二道岩的人骑着马奔跑在山路上。他们来寻我，相互传递着消息。我幻想着有一天像一滴水一样在阳光下蒸发，但一次也没有成功。他们会在某个路口堵住我，或者直接扑向山林里，像拎只小鸡一样将我带回养父身边。

"小狗日的，又害了我一只羊，"他边解腰上的皮带，边气呼呼地说，"你休想逃回去，你姓杨，叫杨清平。"

他每抽我一下，就叫一声杨清平，仿佛要把这个名字嵌进我的身体里。

"我叫小毛，"我说。

他每抽我一下，我就叫一声小毛。小毛，小毛。

他抽累了，停了手，蹲下身来，紧紧抱住我疼痛的身躯。

"叫一声爸，"他说，"给你糖吃。"

我紧闭着嘴，即使他将糖塞到我嘴边也不张口。而每当这时候，杨清秀和杨清莲则在一旁流口水。这姐妹俩把我当成一头小怪物，充满敌意地看着我，紧紧牵住手。

"滚！"有次杨清秀对我说,"滚回你的阿尼卡去。"

她们趁父母下地干活时,把我按在地上,朝我嘴里塞过泥巴、臭虫、马屎等物。我不哭不闹,乖乖吞下这些东西。我知道,如果我反抗,她们会很开心。有次她们不小心塞给我一只被太阳晒脆的死蚂蚱,我咀嚼后说,"好吃。"从此,她们再也不朝我嘴里塞任何东西,而是想尽各种办法帮助我逃跑。

但我们一次都没有成功过。相反,养父加重了对我的惩罚。体罚工具由细变粗,力度一次比一次大。有时候揍我揍累了,他也坐在一旁哀叹,若不是我命中没有儿子,哪会要你这个小杂种?你以为你稀奇?你只是别人不要的人。

起初我还强辩,但后来渐渐明白了。他说的也许没错。不然,为啥从来都是我想逃去阿尼卡,而我爹却不来找我?

第二年,我进了十二道岩小学。我的名字叫杨清平。当老师这样叫我的时候,我在心里强行掐住自己过去的名字,就像那晚在梁王山,我掐住那只朝我扑来的巨蟒。

我掐住了蟒蛇的脖子,刺骨的冰凉袭向我全身。它拼命在我手里向前伸,想要袭击我,但这只是个幌子,它的下半身缠住我的腰,余下的尾部铁棍似的绊我的腿。终于,我倒了下去。雷鸣电闪中,我和那只巨蟒纠缠着,像是两个实力相当的摔跤手。

"你已经不是一个人,而是一头兽,和巨蟒一样。当你这样想,你就有了对付它的办法。"

"来吧,"我号叫着,"狗娘养的,来吧!"

我这一生,太多的力量都用来防人。只有这一次,我向一头巨蟒发起了进攻。我不再躲闪,向它张开了大嘴。它的皮并不厚,鳞片之间散发出咸味和臭味。我咬下去,它昂着头,嘴里发出咝咝声,像麻绳似的将我缠得更紧了。这种感觉和那年在十二道岩捆绑在我身上的绳子一样。没有比牙齿更坚硬的皮肉,血腥味从我嘴角弥漫开来,像是梅花开在雨水里。这皮毛伤对一头巨蟒来说微不足道。我的牙齿沿着它绽开的皮肉啃下去,嚼碎肉和骨头。有一瞬间,我想起了在大渡口砍伐树木时的情景,斧头砍向木头,木渣飞溅,一棵大树在若干的斧头声后轰然倒下。

后来,我感觉到那巨蟒的身子发出颤抖,缠绕我的力量在一点点放松。这头无毒巨蟒,它一定想不到,将死于我这头疯狂的野兽之手。当它的身子被分成两段,缠绕在我身上的那一段瞬间失去了力气,掉在地上。那一刻,我在胜利的喜悦中升起一丝悲悯。它和我一样,混沌地活在这世界,连怎么死的都不知道。

当我和巨蟒搏斗之时,我甚至忘记了天空滚过的炸雷。长长的闪电划过天际,照着地上那截枯藤似的死蟒。怪石嶙峋的梁王山上,那些先前还在石头后面伸出头来的巨蟒早已不知去向,只剩下迎面扑来的风。风中夹杂着冰雹,打在脸上生疼。闪电照亮远方,路开始平坦起来。

"过了梁王山,你要叩三个响头,额头着地,风声会告诉你该怎么走。"

混沌之声如沸腾的岩浆,断断续续的声音成块状地飘过来。

"要当心你脚下平坦的路,否则你到不了黑角崖。"

他们一方面想从我嘴里打听到去虫圆的路,一方面又对我满怀质疑。

"您觉得他说得怎样?九奶奶。"

九奶奶坐在红色帷帐里,大红锦被绣鸳鸯。我从声音就能听得出来,她是个年轻女子。

"我和你们一样,"九奶奶说,"没有去过他说的这些地方,但我知道,他没有说谎。"

"您的意思是,我们该相信他?"

"信不信,是你们的事,反正,我不想去虫圆。"

九奶奶一直背对着我们,说话的声音轻飘飘的。她看起来很瘦薄,像纸做的一样。其他人站在我身后,他们对她恭敬极了。

"他需要一碗水,才能记起去虫圆的路。"

"我这里没有他要的水,"九奶奶说,"他怎么来的,就让他怎么回去,他身上的怨气太重,会搅得猛犸镇不安宁的。"

我不知道自己为什么会给猛犸镇带来厄运。这样一个地方,它还能更差吗?外面风声咆哮,似乎要将猛犸镇吹走。屋里,风打着转,卷着九奶奶的帷帐,像是在拧一个巨大的麻花。没有人说话,也没人敢动,都在等待这狂风过去。

"九奶奶是最早来到猛犸镇的,"风刚一停下,石才就在我身边小声说,"不管是阿尼卡,还是猛犸镇的事,九奶奶知道得最多。"

"猛犸镇的样子,你已看到了,"阿桂又一次哀求,"可怜可怜我们,带我们去虫圆吧。"

"是啊,可怜可怜我们。"众人齐声道。

阿桂向我张开她的双手,她指间的肉干枯,皮薄如蝉翼,骨节若隐若现。其他人的情况,也和她差不多。他们像一株株快被旱死的禾苗,身体的每个器官都在向内收缩。那个空烟斗老人,在我面前坐下,伸手小心翼翼扳动着自己那朽木般的腿,可怜巴巴地看着我说:

"听说如果到了虫圆,春天的时候,我的腿上就会长出新肉。"

"你为啥不告诉这个年轻人,你的腿是怎么残废的?"九奶奶说着转过身来,她依然盘腿坐着,顶着一块红盖头。

"我们都没有见过九奶奶的面貌。"石才又小声说,"她也许比你爷爷还大呢。"

空烟斗老人叹了一口气,沉默着将那只早已干枯的腿藏进裤脚里。

"你们毁了自己归祖的路,却在猛犸镇遇见居木魔帕的后人,这简直是个天大的玩笑。"九奶奶说,"你们这些胆小鬼,懦弱又狠毒。你们都回去吧。"

"我呢?"我问。

"你就继续游荡吧,哪里都容不下你,四处都是豺狼虎豹。"

"如果找不到那个老人,我会怎样呢?"

"会被风吹走,被水冲走,被恶狼驱赶,吞进肚里,化成粪便。"

我意识到自己再一次陷入了绝境。这风雪漫天的猛犸镇,此时对我来说,无疑像一枚钉子,我在这上面无处立足。我朝九奶奶跪了下去。

"九奶奶,收留我吧,"我说,"我已经尝过了被恶狼追赶的滋味,我不想被风吹走。"

"没想到居木魔帕的后人也如此软弱,"阿桂有些不满地嘟囔着,"第一次见有人求着要留在这里。"

他们中的绝大多数人,总是沉默。跟着众人,像是彼此身后的尾巴。但不用说,他们都有共同的痛苦和期望。这帮可怜人把希望寄托在我身上,让我感到惭愧。

"依我看,你要找的人不会是居住在我们身边这些,"九奶奶说,"你要找的应该是灵魂使者。而灵魂使者是不用找的,合适的时候,他会来找你。"

"那我怎么办?"

"等吧。"九奶奶说。

"那我们呢?"阿桂问。

"等。"九奶奶说,"一直等下去,永远等下去。"

我的马在外面发出嘶鸣,不停地用蹄子敲门。石子打开门,那门蛮横地挤了进来。

"外面要变天了,"九奶奶说,"连畜牲也知道害怕。"

话音刚落,屋顶果然传来了乒乒乓乓的声音。是冰雹。瞬间,猛犸镇变成了一面沉闷的鼓。无数的颗粒声汇集在一起,如一把巨锤砸向这些低矮的小屋。我们目瞪口呆地挤在一起,只有九奶奶依然坐在帷帐里。冰雹先是砸在地上,后来砸在冰雹上,声音变了,带着晶莹剔透的质感。这声音如浪,一遍遍冲向我们的心理堤坝,石才和羊皮袄老人已经瘫坐在地。然后,冰雹戛然而止,外面恢复了寂静。

"这是对你的警告,"她说,"冰雹的大小,和你身上的怨气有关。你到底经历了什么?"

我跟他们讲了在夏城的经历。刘长生在我睡着的时候偷走了我的钱。那是我初到夏城,在车站门口遇见刘长生。我请他吃饭,住店,甚至以为刚来这城市就交到了朋友。

"从那以后,我不再相信身边人。"我说。

黑角崖 雨

那些从石缝里长出的草,根不深,叶也谈不上茂盛。更何况这个季节,它们都已经干枯,随时可能掉在地上,变成泥土。所以,我必须尽量多地将它们抓在手里,让枯草拧成一根绳,才能承受我向上攀爬。

我是从地下钻出来的。我没有留心脚下,掉进了一个洞里。向下坠的时候,我惊悚的叫声回荡在四周,直到我落在泥淖里。所幸,那泥潭不深,没有彻底淹没我。恐惧让我下意识地扒拉开泥泞,寻找岸。不知距离的亮光,初看只有指尖那么大小,我迎着它奔去,它却突然消失了。我以为这只不过是一个幻觉,它却再次亮起。即使它只是忽明忽灭的亮点,我也要朝它奔去。当我发现它渐渐变得像个镶嵌在夜空的星星,我第二次发出了尖叫,啊——这叫声里是我绝处逢生的喜悦。

后来我才知道,我坠落的距离相当于是从山峰到山脚。那山就是黑角崖。当我在洞里时,那忽明忽暗的亮光,是闪电。此刻,它正将夜空撕了个七零八落,仿佛要扔下几片乌云下来。后退回山洞里是不可能的。我的左面是奔涌的江水,右面是荆棘丛生的密林。只有前面,是耸入云天的黑角崖。

"黑角崖上的草,是救命草;黑角崖的石头,是通天的台阶,你要踩实。别怕山高,别向下看,离天越近,离虫圆越近。只有到了虫圆,你才算回到了家。"

我当然不会忘记黑角崖的雨。那基本不能称之为雨,而是天上倒下的水。它们在闪电下像是明亮的布,想要裹住我冰冷的身体。我向上攀爬,像一个溺水者一点点露出水面。全身的器官,似乎只有嘴还活着,还能不断地向外吐气,一次次吹开想要灌进我嘴里的雨水。至于手和脚,它们已经变成了两副只会向上弯曲的机器部件。闪电亮起时,双眼会短暂失明,我索性紧紧闭上了眼睛,摸索着向上爬。这漫长的过程,足以让我回想自己并不漫长的一生。

我仿佛觉得,刚出生没几年就老了。我在十二道岩的那些日子,其实是虚度。但到了现在我才明白,其实我的一生都在虚度。即便从滇池边到猛犸镇,也是一种糨糊般的虚幻。那时我躺在南坝附近的小旅馆里,问自己,我真的是一个被父母转手送人的孩子?当我这样想时,我便安慰自己,那个存在于我记忆深处的父亲是我虚构的。

然而,猛犸镇的这些人,却根本不关心我在十二道岩的生活。他们只想激活我爷爷在我脑海里的印象,来拼凑一条去虫圆的路。

"我的脑袋里真的没有这条路,"我反复对他们说。

"那你怎么来到猛犸镇的？"他们问。

"就像下棋,我走这一步,只能想起下一步,至于其他的,我知道的并不比你们多。"

阿桂他们离开了。屋里只留下我和九奶奶。我依然跪在地上。

"起来吧,"她说,"他们走了,你可以先留在我这里。"

我站了起来。尽管我没有感觉到身子的重力朝双腿压去——如果稍有压力,我的双腿会猝然崩断。我轻轻站了起来,在距离她不足一米的地方。

"你想不想看看我现在的样子？"她说,"这里的其他人,其实都只是听说过我的样子。"

她已经朝我转过了身。

"我怎样都可以,"我说,"如果需要,我可以帮你干点活。"

她掀开盖头时,宽边的袖筒朝下滑去,露出两只菜绿色的玉镯子。当她将双手放在盘坐的双腿间时,那两只镯子又相互碰撞了一下,发出透亮的声音。我的注意力从镯子的响声转移到她的脸上,不由得朝后退了半步。若非她朝我露出了笑脸,我一定会转身而逃。

"是的,"她说,"这就是我。阿尼卡的人都传说我貌美如仙,猛犸镇的人也这样说,但愿我的样子没有吓坏你。"

九奶奶发出少女之声。她脖子以上部位,全烧焦了。整张脸,其实就是一块烧焦过后的木炭。唯一不同的是,黑色的面庞下露出了白色的牙齿和若隐若现的红舌头。她的头发当然也未能幸免,光秃秃的,似乎还留有灰烬,像是发生过火灾的山头。

"你是怎样来到这里的?九奶奶。"

"我从火里来,乘着熊熊大火。"她又笑了起来,咧出嘴,让白牙露出得更多了一些,"那你呢?"

"我当时只感觉到全身一阵麻,瞬间收缩,像有一万只手将我按住,将我碾成粉末,让我随风而去。"

"我无法体会你说的那种感觉。疼吗?"

"来不及疼,"我说,"你当时一定很疼吧?"

"像有一万只手要将我撕裂,但不是瞬间,而是笼罩住后,一丝一缕地撕扯,每一丝一缕的疼痛加起来,就是千丝万缕。"

"我确实无法想象,"我说,"但如此说来,我应该算是幸运的了。"

"谁也无法想象别人的疼痛,"她说,"猛犸镇没人会像你这样想,他们都将自己当成那个最痛的人。"

"其实我很同情你们。"

我说的是心里话。这里的每一个人,就像生活在石头上的枯草,没有水分,没有土壤,在烈日下奄奄一息。他们只有等待。

"都是罪有应得,"她说,"没有谁是无辜的。只是很多人忘记了自己曾经干过的恶事。"

"你也是?"

"谁不是?你仔细想想。"

我沉默了。

"猛犸镇,不是没有它的存在意义的。"她又说,"别人拼命寻找出路,去虫圆,去洛古达那,我从来不想。我就愿意待在这里。即使有一天,他们都离开这里,我仍然会守在这里。"

"难道你有更深的罪?"

"罪不在深浅,而是承不承认。"

"你的脸是怎么回事?"

"被人烧的。"她说,"如果你想听,我可以告诉你。"

"随便,"我说,"反正我现在也闲着。外面还在下雪吗?"

"别指望雪会停下。它就像我们的罪,永远不会消融。我带你去外面走走。"

她重新盖上盖头,下了床,走出了屋子,步态轻盈地走向茫茫雪地。风打着旋儿,将凌空飘洒的雪花接住,揉捏,变幻成各种形状,然后再狠狠砸在地上。我出神地盯着雪灯笼、雪陀螺、雪豹、雪球……看着它们在风中由雪花变成某种我能够认识的东西,再摔碎到地上,四散开去。

"风怒了,"九奶奶说,"它以这样的方式警告我们,时刻不能忘记我们的错。风可以将雪做成雪人,也可以吹走我们。"

"有人被风吹走吗?"

"有,但是,第七天风又将他刮了回来。"九奶奶咯咯笑着,"他在空中旋转着,迟迟不能落地。风从他张开的嘴里灌进去,发出哨声,他变得像个空瓶子。"

我们说话的时候,又有几个雪灯笼砸在地上,破碎了。那样子,像是湍急的河水遇上了石头,雪沫腾空而起,瞬间挡住了视线。然而,这视线,挡不挡其实都一样,远方永远是白茫茫一片。这就是猛犸镇,和我经过的其他地方都不一样。眼前的一望无垠,让人绝望。这使我更加清楚,如果找不到那个可以给我一碗水喝的老人,我是不可能走到虫圆的。

"怎么我感觉这里和刚才看到的不一样了?"我问。

"猛犸镇每天都在变化,"九奶奶说,"风是魔鬼,它驱使着雨和雪这两个小鬼,随意改变着这里的样子。说了你不信,有天早上,我被河水惊醒了。"

我看了看四周,刚才还立在不远处的一个雪堆,不见了,像是已被连根拔起。风怒吼着,两个雪团在两股风力的驱使下,碰撞,碎开,又被捏成团,又碰撞,最终合二为一,狠狠砸在雪地上。

"我真的见到了河流,从猛犸镇穿过,轰隆轰隆,"九奶奶慢腾腾地朝前走着,像是在自说自话,"这是从来没有过的事情,连我都被吓坏了。鱼儿在水里翻滚,却没人敢下去捉几条上来。人们站在河边,双腿打战,最后全都跪了下去。"

"他们哪去了?"我问。

我刚来猛犸镇时看到的低矮的房子不见了,道路也不见了,或者说,道路已被风雪扩展得超出了我的视线。

"他们在雪下面,"她说,"只有等风吹走了雪,房子才能露出来。看这个天气,大风估计还有几天才会来。"

"还有比这更大的风?"

"当然有,"她说,"我们每天都在求风更大一点,好吹走积压在房子上的雪,好让我们能够透上一口气。噢,对了,今天是祈风日,到时候你可以看看的。"

我感觉身上很冷,风从骨缝里吹过,发出呜咽之声。冰像铠甲已经将我的身子包裹。可以想象,我那脆弱的皮肤,早已和煮熟的土豆皮没有区别。为了照顾我那薄如蝉翼冻熟了的皮肤,我必须走得小心翼翼。但即使这样,我还是担心,时间久了,会磨破我的皮,风会吹散我的骨架,让我四散开去。

"我不想再走了,九奶奶。"我说。

"放心,死不了,"她突然哈哈大笑,"死不了,你懂吗?你当然不懂。但死真的不算什么。你想回,就回吧,你和你爷爷一样,也没什么耐心。"

"你认识我爷爷?"我几乎是惊叫起来。

"当然认识,"她笑着说,"谁不认识他呢?谁都知道,他是阿尼卡有史以来最好的魔帕。"

"就是给灵魂引路的人?"

她瞪了我一眼,兀自朝前走去。走着走着,突然在雪地里转起身来。她的嘴里发出一种类似野兽的嘶吼,身体的动作是捕食、撕扯、蹦跳、打滚,我恍然觉得她的动作像一头柔中带刚的母豹子。雪落在她身上,又被抖落,而她脚下的方寸之间,仿佛变成了山野丛林,她发出嘶吼,那声音凄厉如风,又坚硬如刀,听得我毛发直竖。

"我跳的是豹子舞,"回到九奶奶的住处时,她头上的汗水已结成了冰,碰撞出丁零声,"原本跳这个舞,是要配上你爷爷的诵词,它真正的名字叫豹吟,除了我,没人能跳。"

她开始在屋里翻找,找了半天,递过来一个用彩色丝线缠起来的竹筒。我看了看,并不明白是何物,又还给了她。只见她右手轻轻一拧,拧下小盖儿,一提拉,从竹筒里拉出来三片铜片。

"这是口弦,"她说,"你爷爷送我的。"

尽管这屋已经被雪覆盖,但还是有风吹动着口弦,像几只正欲起飞的翅膀。九奶奶退到了床边,脱了鞋坐上床,开始吹口弦。那是一种很奇怪的声音,似火,像冰,柔如丝,坚如铁。那声音柔时如柳拂过河边,硬时如箭刺穿胸膛,低处如泣如诉,高处穿云裂石。

那三片薄薄的铜片。在九奶奶的嘴里，那口弦已经不是三片铜，而是三只兔子，三匹野马，三场绵绵细雨，三个太阳……口弦声停，如梦初醒，风从雪缝里射进来，发出呜咽之声。

"如果按阿尼卡人的算法，我已经有七十年没有吹口弦了。"九奶奶说，"我以为我忘记了那些曲子，没想到它们一直在我心里，在我嘴边，在我手指尖。"

"要是还能看到我爷爷就好了。"我如痴人说梦。

"你们最后所去的地方，是不同的。他是能到达洛古拉达的，而如果我猜得不错的话，你最多只能到猛犸镇。更何况，你现在还没有得到允许住这里。"

"我可不想一直住在这个生不如死的地方。"我说。

"生不如死？"她笑了起来，"啥是生，啥是死？你其实啥都不知道。既然如此，那我就给你讲一件事吧。"

阿尼卡 雨

雨连续下了一个月。土地松开了树根，树木倒成一片。飞禽无处藏身，在天空乱飞，累了，跌落在泥泞里。獐子、麂子、野猪和狼，在雨天昂头向天，发出凄厉的叫声，而这声音很快被雨声覆盖了。连山洞也被浇湿了，野兽们集体走向村庄，站在人们的屋檐下瑟瑟发抖。有人冒雨去捡野鸡、麻雀、斑鸠和乌鸦,发现虫子们已经变成了浮尸,漂荡在水面上。人们发出呼喊,"老天,你要收人了吗?"

阿尼卡响起了枪声。人们持枪围住野兽,从不同的方向朝它们开枪。野兽们流着眼泪,应声而倒,鲜血染红了雨水。连续几天,阿尼卡飘着肉香,飞禽走兽的骨头被人从嘴里吐出,倒在门外,又迅速被积水卷走。力气在人们的身上恢复,他们又想起那件已经停止很久的事情。

那年我二十岁。七十年了。下雨之前,阿尼卡尘土飞扬,遮天蔽日,村庄热得一把火就能点着。一夜之间,你爷爷就成了大家的敌人。他们说他胡说八道。他们上山砍来带刺的木棍,用火燎后,让它更绵,然后用来抽你爷爷。阿尼卡最好的魔帕啊,据说回去以后从身体里挑出了一酒杯刺。后来就下雨了,瓢泼大雨下了十天,庄稼呛得软绵绵地躺在地里,死了。没有了庄稼,就坐吃山空。人要节约粮食,不能让太多的活动来消耗体力。那时候,人们想要是能够冬眠该多好,睡一觉起来,春天就来了。可是,雨一直下,吵得人睡不着,愁得人睡不着。人们躲在家里,烧香烧纸,祈求上天宽恕,忏悔他们一生的恶。你没有见过那样的场面,雷声、闪电、雨声、祈祷声,混合在一起,似乎要吞没掉这个叫阿尼卡的地方。三个壮汉想去外面看看,是不是整个世界都这样?他们再也没有回来。

你爷爷一直独坐家里。他从十二岁开始学念经,二十岁已经能够独立完成祈雨、祈丰收和指路。自从被人用带刺的木棍打伤后，他将自己关在屋里，念着谁也听不懂的祷词。这是从未有过的事情。魔帕在阿尼卡像神一样尊贵。然而，现在他们将他打倒在地，用脚踩头，撒尿淋他。那时我在人群中，看人打他一下，就落一滴泪。如果不是我哥哥死死抓住我的手，我会冲过去，替他挡住那些疯狂落下的棍子。他始终一声不吭，那些棍子像是打在了装满东西的袋子上。他希望我离开，不忍心让我看到这一幕。只有我哥哥知道，那时我们已经暗地里相爱了两年。如果没有后来的事，那年冬天他会向我提亲。

人们在一夜之间全变了。他们发了疯似的捣毁那些旧东西。魔帕这个古老的职业，当然也算旧东西，虽然他当年才二十岁。在他养伤的时候，还发生了一件事，老魔帕，也就是你的老祖，死了。老魔帕当然也是旧东西。死了，倒省了别人动手。我哥哥告诉我老魔帕的死，但不让我去看，因为没人参加。后来你爷爷告诉我，是他为自己的父亲指的路，并且亲自动手埋了他。

下雨的时候，我去看他，站在他面前，不敢说话。他像是根本没有看见我一样，继续念涌。前不久还受人尊重的人，转眼就瘦了一圈，头发直立，嘴上起泡，目光发直。后来我问过他，当时念的是什么？他说，饶恕，求上天饶了阿尼卡人。他在我转身要走的时候，最后一次拉了我的手。

"这是我的命,你离我远点。"他说。

我蹚水回家,看见蟑螂、老鼠、屎壳郎的尸体在积水里打转,我可怜它们,更可怜阿尼卡的这些人。对于那场雨,我是矛盾的,我知道一旦雨停下,人们还是不会放过他。尽管当暴雨侵袭的时候,他们发出忏悔,而一旦嘴里嚼着野兽的肉,力气在他们身上恢复的时候,他们转眼便忘记了忏悔,更何况雨在某天明显地小了。

我从来没有见过那么大、那么明亮的太阳。就像那些雨水全部浇灌在了太阳上一样,将它打磨得锃亮。人们推开门,又迅速关上,他们受不了那么明亮的太阳光,像箭一样。有人欢天喜地冲出去,结果眼睛瞎了。一双双半睁着的眼睛,紧贴在门缝后面,恶臭味扑鼻而至,有人开始呕吐起来。被雨水浸泡久了,太阳一出来,风一吹,阿尼卡就变成了一个无法命名的恶臭之地。可是,恶臭是微不足道的,他们已经憋得太久。待眼睛能够适应太阳光,人们冲出屋外,在热乎乎的泥泞里狂奔,嘴里发出随心所欲的怪叫——啊啊,哎呀,哈哈,天哪,天晴了,好臭啊,好香呀……

你的爷爷,他依然还是坐在家里。

后来,他告诉我,即使他坐在家里,也知道外面发生的事。我不信。我问他既然知道别人会怎么对他,为什么不逃走?他没有回答。

如果他真的知道外面的事,他一定听到了脚步声。那些踩着松软泥土而来的脚步,沉重软绵,但异常坚定。人们撞开大门,翻箱倒柜。他们目标明确,是奔着经书而来。经书也是旧东西,需要被毁掉。那些写在羊皮上的经文,被点燃时散发出久远的糊味,膻味已无。每一个文字,都是一个不安的冤魂,它们跳着舞,腾空而起。

他们让他放下经书,去做一名骟匠。阿尼卡有史以来最胆小的骟匠,比那些即将被骟的畜生还要抖得厉害。但是,人们觉得这事很有趣。每当他们听见丁骟匠敲出的小锣声,便像过年一样高兴。他们乐意帮他将一头小牛或一头猪崽绑好,放倒在地上,只等他抖抖索索地掏出骟刀,半天下不了手。

"我是魔帕啊,"他说,"造孽。"

"又不是让你骟人,畜生而已,"人们说,"快动手,怕个尿。"

这些,我是听人说的。一个女人,是不会出现在骟牲口的场合,更何况,我不忍心看他那样狼狈。他像一只戴了铃铛的牛,小锣声总是比人先到。在一个刚下过雨的黄昏,我在路上堵住了他。我故意躲在山路转弯的地方,让他来不及跑掉。

"你打算一直躲着我?"我问他。

"天快黑了,让人看见不好。"他说。

"天黑了,别人就看不见了。"

他的身上有股腥味,像血,又像别的东西。他不敢看我,而我很想看他的样子。你没见过他年轻时的样子,很好看,大眼睛,高鼻梁,如果是一只羊,那就是走在最前面的那种。可是,那天,他低着头,像一头被骗了的牲口。

"我们咋个办?"我问他。

"我是一个骗匠,"他说,"那些畜牲可怜,我比它们更可怜。"

"不管刮风下雪,腊月初八请媒来。"我说。

天真的黑了下来,站在我面前的他,变成了一个黑影。我只能凭耳朵听他的反应,但我只听到他喉咙里发出几声咕嘟,然后突然敲响了手里的小锣。那小锣声在夜晚炸开,吓飞了树上的几只鸟,也吓得我往后退了一步。他趁机逃跑了。然后,我听到他光脚踩在泥泞里,稀泥箭一样从他的脚趾间飙出去。小锣声阵阵。

腊月初八,真的下了雪。没有人来敲我家门。两只麻雀在屋顶上欢快地跳跃,飞来飞去,最后一去不回。我能怎样?我像什么事也没有发生一样,做饭、洗衣,下地干活。

先不说了,他们要开始祈风了。我们去看看,让你知道什么叫煎熬。

我怎能不懂什么是煎熬?世界就是一口大油锅。不管是阿尼卡,还是十二道岩,还是我后来生活的夏城,我都在焦灼地等待。等我的父亲来看我;等养父放松警惕,逃跑;等那些追逃的人快点过去;等一个可以吃住的地方收留我;等着忘记杨清秀;等一个女人爱上我;等着在夏城落地生根……等待就是煎熬。

一个漂在城里的外地人,就像一个游魂。特别是当我蜷缩在城市的某个角落里,靠着收音机里一个女人的声音打发时间时,我更觉得这个城市里鬼影幢幢。我像一只靠腐食生活的鱼。这种状态,死不了,但也活不好。哪里的活最重,最脏,最累,哪里就需要像我这样的人。

我常在有空的时候一个人爬上西山,站在山顶看夏城,在那些密集的火柴盒子中,仔细辨认哪一栋是我清洗过的楼,或者哪里我曾去给人送过货。我穿梭于这个城市,用脚步丈量它的距离。我坐在马路边看来往的人群,想象自己和他们的关系,衣着豪华的男子,是未来的我;年轻漂亮的女人,是我的妻子。当然,是情人也可以。

幻想为我注入了兴奋剂,甚至让我忘记了自己是血肉之躯。我的双脚就是轮子,双手是桨或钳子,双腿是支架,心脏是马达。我奔跑着,风舔我的脸;我大口呼吸,握紧拳头;我像一只蜗牛,努力向前爬,累了就缩回自己的小屋里,听那个电台女主播说话。

我在一个叫七甲的城中村住了三年。如你们所想象的,臭烘烘的密集的阴冷潮湿的楼房。房东是农民,土地被征收了,靠房租生活。男房东每天坐在树荫下跟人下象棋,为一步棋而后悔得捶胸顿足;他的胖媳妇每天穿着拖鞋和睡裤去打麻将,输了就跟他吵架。

那晚我在洗澡时,也听到了他们吵架的声音。隔着楼板,他们在我头顶上跺脚,甚至是摔碎了某种玻璃器皿,我不确定是什么。我想过一会儿亲自去敲开门看看,顺便把欠下的房租交了。其实对我们这些外地人,房东夫妻还是仁慈的。房租上个月到期,但我当时还没有结算工钱,就欠着。我已经在这个工地上干了整整一年,终于拿到了一万块工钱。

眼下已经是年底,外地人开始慌乱起来,如同暴雨前的蚂蚁。而我呢,害怕这样的时刻。我在洗澡的时候,又想起了朱喜。下午,我给她汇了五千块钱。如果一切顺利,我会在明天晚上见到她。我看过她的照片,很朴实的一个女人,像过日子的。只是拖着两个孩子,负担重了点。但是,如果能够娶到她,如果她愿意再跟我生个孩子,那就真是太好了。这事我不急,等见面的时候,把她哄好了,再跟她商量。

卫生间里只够一个人容身,洗澡时太拥挤了。热水突然没了。这该死的热水器,不知是哪年装上去的,都生锈了。冷水浇下来,我燥热的身体骤然紧缩,我从喷头下跳开,脚下一滑,摔倒了。我的头砸在地板上,发出空响,那种感觉像一个空坛子掉在地上,瞬间碎片纷飞。待那些碎片重新拼贴好,我从地上爬了起来。冷水还在哗哗流着,溅得满地都是。我扶着墙,朝电源插头那里走去——它从插孔里脱出来了。当我将插头重新插进插孔,它紧紧吸住了我。像是被千年寒冰瞬间冻住,像是万箭穿身而过,像融合,像凝固……

然后,我变得轻盈起来。

猛犸镇 风

在风中祈风,在风中跳舞。他们穿着红色的长衫,在风雪中旋转着,像一朵朵被流水裹挟着的红花。我数了一下,一共有27个,再加上正在走向他们的九奶奶,28个。雪花被长衫卷着飞舞,一颗猪头在祭台上龇牙咧嘴。我站在离祭台一丈远的地方,看九奶奶走向祭台,看他们的头发在风中飞扬。

风啊,你是天神的儿子
风啊,你是万物的儿子
你无影无形,你无处不在
你无色无味,你无所不能
你比天使的心柔软,你比魔鬼的心坚硬
风啊,饶了我,饶了我
……

九奶奶嘴里念着祷词,手执燃烧的香,在猪头上绕圈。眼前的28个人,他们根据九奶奶手上的香的方向和速度在雪地里转圈,当他们快速转动时,像二十几个红色的陀螺;当他们慢下来时,像是二十几个影子在梦游。

  饶了我啊,饶了我
  我的罪过大于拉巴山,我的仇恨深过老君滩

众人齐声高呼。那声音里的悔意,魔鬼听了也要为之动容。雪落在我身边,我忘了掸去,不由自主地加入到了他们的行列。后来,我们跪了下去,额头贴着雪地,声音听起来像是来自地狱。

  我杀了来历不明的远路人
  我鞭打春季怀孕的母牛
  我烧了神殿,让菩萨无家可归
  我爬上了淫荡男子的床,让女人和孩子蒙羞
  风啊,饶了我
  求你吹开压在我房上的雪
  求你让青草发芽,让雪融化
  让我们回到洛古拉达
  回到祖先的身边

风小了,九奶奶停止诵念。她盘腿坐在雪地上,等待着四周的声音渐渐平息。只有雪扑簌簌下着,一点点堆积在他们的身上。继续下去,他们就会变成雪人。有一个声音怯生生地提醒:"九奶奶……"

九奶奶仍然盘腿坐着,声音像冰一样刺骨:

"说说你们和居木魔帕的事吧,当着他后人的面,你们悔罪吧。"

我走得离九奶奶更近了一点,看到那些跪着的人里,有一个人直起了腰。是那个空烟斗老人。他摇晃着朝我走来,先是深鞠一躬,然后,身子一缩,跪了下去。我吓得往后一退,躲在了九奶奶背后。

"别怕,"她说,"你上前来听罪,是在帮他。"

那跪下去的老人,缩成一团,像只苍老的乌龟。我正好奇他会说些什么,一阵狂风卷起雪粒,吼叫着,扑了过来。他紧闭着嘴,等风过去,顿了顿,说,"我和他,是结拜兄弟。"

"带头上山砍刺木棍的人是你吧?"

"是我。"

"第一个动手的人是你吧?"

"是我。"

"当然是你,我们都知道,"九奶奶说,"别以为时间长了,大家会忘记,其实这些事从来都没有过去。"

"我晓得，"跪着的人说，"只是我一直张不开嘴跟他认错，在心里憋了几十年。"

"说出来吧，说出来就是扔掉装在心里的石头。"

"我被魔鬼蛊惑了，心里装的不是石头，是刀子和毒液。"跪着的人哭出了声，那声音需要泪水绊着才能有一丝潮润的气息，"其实，老天爷，我也是受害人啊。"

"哪个不是受害人呢？"一直跪在人群中的阿桂站了起来，"我也拿布鞋扇过他的脸，朝他脸上吐唾沫。但我是被逼的。到后来我才晓得，我吐出去的唾沫，最后都落在了自己脸上。"

"我承认，"人群中走出来一个高个子男人，瘦得只有骨架，他不停地在风中吸着鼻涕说，"到了猛犸镇我才知道，世间没有秘密，人们却自以为有不透风的墙。蠢啊，我这把老骨头就快散架了。如今我在猛犸镇，他在洛古拉达，他能听见吗？"

"你喝了那么多年雪水，还是没有明白，这些话，不是说给别人听的。"九奶奶说，"你的房子快被雪压塌了，如果不想被风吹散骨头，你还是要诚实一点。"

那个高个子摇晃了几下，趴在地上，也不知他是已经没了站着的力气，还是以此来证明自己的虔诚。他的声音在雪天显得空荡荡的，话一出口就被风吹走，我需要集中注意力才能听清。那些不说话的人，依旧将额头埋在雪地里，一个个静默如石。

"当年害过居木魔帕的人,都在猛犸镇,没有一个能够抵达虫圆,更别说洛古拉达。"九奶奶说,"除了那些被风吹散了骨头的,被雪水融化的,消失了的,今天都在这里。还有谁要说吗?"

"经书是被我扔进火里的。"

"我曾经提议将居木家的土地分掉,再将人赶出阿尼卡,因为我们不再需要魔帕了。但这事被人阻止了。阻止的理由是,就要让他留在这里,生不如死。"

他们说的这些,并不能让我心里产生恨意,而只有同情和恐惧。这些我闻所未闻的事,仿佛是阿尼卡埋在地下的那一面。能怎样呢?我想。最后,我们都要死去,这是最大的公正。

没有人再谈对我爷爷的伤害了。也不知是谁带的头,他们开始吃地上的雪。有的迫不及待地直接抓了塞进嘴里,有的将雪揉成各种食物的形状再吃下去。大雪漫天下着,他们旁若无人地吃着,发出喊喊喳喳的声音。猪头放在祭台上,裹着一层厚厚的冰。

"你是不是想问,我们为什么不吃猪头?"九奶奶问我,还不等我回答,她又说,"这猪头,是用来祭祀的,我们是不配享用它。"

他们吃了雪后,和没吃一样,还是一副萎靡干枯的样子,嘴唇开裂,头发不时脱落,骨头发出响声。阿桂朝我走来,她递给我一只用雪捏成的小兔子,说,请你吃只兔子吧。我说我要喝水。我的胃里有一把火,需要一碗水浇灭它。

我将额头贴在雪地上,寒意从头上进入我的身体,冲撞着胃里的灼热。如果我的身体是天空,此时便是雷鸣电闪。

这时,我听见九奶奶说,"你们都回去吧,别想着离开猛犸镇,这是你们应该承受的。至于这个孩子,我带走了,他能去到哪里,是他的事。"

夜晚的猛犸镇,因为堆满了积雪而能够看见前方的路。但我已经完全迷失了方向。九奶奶在前面带路,她走得非常轻盈,没有发出一点声响。

"你也要我离开这里,对吗?"我问她,"我从来不知道自己能去哪里,以前不知道,现在也不知道。"

她沉默着,像是没有听见我的话。她疾行着,像一团滚动的火。我们把其他人丢在了祈风的地方,风将他们绝望的惨叫声送到我的耳朵里。她似乎看穿了我的想法,朝我低吼了一句:别回头看他们。我打了个寒战,颈椎在抖动时发出了响声。那些略高于雪面的,隆起的雪堆里,是他们的家。入口被积雪覆盖,他们回家必须得扒开积雪,像条狗似的爬进去。

九奶奶抖了抖身上的雪,红色的嫁衣在烛光下显得尤其鲜艳。她走到屋子的一角,拿出一个筛子,铺上了一块红布。

"你迎着门外,朝红布里看过去,"她将筛子递给我,"无论看到什么,你都不能出声。否则,像牛那么大的乌鸦会把你叼走,它们会啄瞎你的眼睛,挑断你的脚筋,让你像蛇一样肚子着地爬行。"

我点点头,将头凑向那蒙了红布的筛子。

阿尼卡 睛

水从喷头里流出来,浸泡着我的身子。卫生间变成了一个水潭,我的头发在水里荡漾。然后,水慢慢流向外面,客厅里,沙发下,再从门缝里流了出去。水在过道里慢慢铺开,变得浑浊,带着纸屑和瓜子壳,流向了下一层楼。水无孔不入,层层往下,汩汩流淌,有人惊叫,嘴里高喊,房东,房东,漏水了。过道里喧闹起来,有人打开门,伸出一颗脑袋,又默默关上了门。没他们什么事。

女房东穿着拖鞋跑下楼,开始疯狂敲门,踹门,然后反身跑回屋里拿来了钥匙。她在卫生间里发现了我。她叫了一声,后退时脑袋撞到了墙上。她爬上楼,拖鞋下水渍飞溅。然后,整栋出租屋安静下来。连过道里的声控灯也熄灭了。远远传来警报声,开门声,声控灯亮起时,三个警察和四个120的工作人员,在房东夫妇的带领下打开了我的房门。随后,蓝色警戒线拉开,房东及看热闹的人被挡在外面。

"没救了,"那个穿120工作服的胖子掰开我的眼睛,用手电筒照了照,他身边的一个警察趁机拍下了照片。他们继续查看卫生间里的情形,拍照,将我的身体抬到了担架上,并套上了一个巨大的黑布袋。

哆哆嗦嗦的房东被带到了派出所,我的身体被带到了殡仪馆。

我三哥在腊月二十五的晚上接到派出所电话。那时他刚从集市上买年货回来,边吃饭喝酒边看电视。

"老四出事了,"他接完电话后,放下手上的筷子,叹了一口气说,"死了。"

他给二哥和大哥打电话,然后又给我养父打了电话。

我的三个哥哥骑着摩托车飞奔在夜晚的阿尼卡,三束灯光前的黄土地、树木、石头、房屋、庄稼,不断闪过。最终,他们在一座院子前停了下来。那是我曾经的家,我一眼就认出来了。狗的叫声没有变。养父的声音也没有变。

"咋回事?"他说,"这么多年没消息,咋一来就是个死信?"

"警察没说太清,只让去领尸体。"我三哥说,"这马上就要过年了,我们今晚就得走。"

"我就不去了,"养父说,"他是你家的人,你们是兄弟。"

"他四岁就被抱来你家,怎么死了就成了我家的人?"我三哥说,"他既没有在我家干活,也没有养我们的父母。"

"同样,他也没有养我父母。"说话的人是杨清秀。

"你还好意思说这话?"我听不出说话的人是谁,"如果不是你,他会四处流浪？"

"要过年了,我们不想沾这些晦气,也不想跟你们吵架,人死了,就更和我们没关系了,你们自己去。"我养父的烟斗磕在地上,发出响声,一副无所谓的样子。

我的哥哥们根本想不到,杨家是这个态度。任凭他们兄弟三人磨破了嘴皮,杨家仍是一副事不关己的样子。

"听你们的意思,他的死没有人有责任？"马川问。

"去了就晓得了噻。"我三哥说。

"夜深了,我们就不留你们了。"马川说,"我们村有人开面包车跑长途,需要帮你们联系吗？"

我的哥哥们只好愤怒地站起身,重重关上门,骑着摩托车去找那个开面包车的人。摩托车没有熄火,灯光照射着那辆满身泥泞的面包车。司机是个留平头的矮胖子,抽了我三哥递过去的几支烟后,大概也就弄明白情况了。

"不去,"他拼命摆着手,"快过年了,谁会给你去拉骨灰？"

"我们给你双倍的钱,"我三哥说,"你就当是帮个忙了。"

派出所里,是去处理现场的那几个警察接待了我的哥哥们。关于死因,警察说初步认定是触电身亡。也许他们还想问问该谁为我的死负责？这是我猜的——他们并没有问出口。

"你们和死者是什么关系？"警察说,"请把身份证和户口册拿出来。"

我的哥哥们呈上身份证,但没有户口册。那警察看了看,将身份证还给了他们。

"你们怎么会是他的亲属呢?连姓氏都不一样。"警察说,"我们需要看有他信息的户口册。"

他们不停地跟警察解释,说我是小时候抱养给杨家,所以姓氏不一样。又说杨家没有来人,所以没有户口册。警察并没耐心听这些,只强调自己是按规定办事。

"领尸体不是小事,请你们理解,"那警察说,"回去拿上户口册再来。另外,殡仪馆的费用房东已经付了,你们不用操心。"

年底的最后几天,艳阳高照。人们为过年而忙得透不过气来。阿尼卡和十二道岩的人都在议论我。我的死因,让他们觉得很好笑。

"他不晓得电不能碰吗?"

"听说是在外面偷东西,被打死的。"

"尸体停在殡仪馆,无法入土安葬。"

我吓了一跳,想起九奶奶的话,不敢出声。透过红布,我又看到了我的哥哥们坐在杨家的火塘边。

"这事,说破天也不行,我们是不会管他的,"养父说,"你们别忘记,他曾经逼我下跪。"

"他可是在你家生活了十几年的人。"我三哥说。

"对,我应该跟他算算这些年的饭食钱的,但是,人已经死了,我就不追究了。"养父的眼睛盯着电视机,漫不经心地说,"如果你们要户口册,我可以借,这已是仁至义尽。"

"警察不光是要户口册,还要户主去,"我三哥说,"难道你们在一起生活了这么多年,连这点情分也没有?"

这话彻底惹怒了我的养父,他索性站起身走出去了。留下马川和杨清秀陪着,也就是要说事还是要赶人走。

"你们去派出所问问吧,"马川说,"或许他们能开个证明啥的。"

我们的哥哥们去到镇上,派出所的值班警察让他们过了春节,正月初七再来。

然后,我的眼前一片白茫茫。定睛一看,那不是阿尼卡或十二道岩,而是猛犸镇。我放下了手里的筛子。

"难道?"

"是的。"九奶奶说,"你需要有人指给你一条路,而不是四处游荡。"

"像我爷爷那样的人?"

"阿尼卡和十二道岩,已经没有那样的人了,随便吧,只要能让你入土为安,都比这样要好。"

死像一场梦。死了,就像一只风筝,飘飘忽忽,却又不是完全失控。死了,就像一块激流中的木头,有时沉入黑暗的水底,有时能见一丝水面的光亮。

"我想,他们不会让我一直在殡仪馆的。"我说。

"当有人叫你回去,你就会知道路了。"九奶奶说,"现在,你只能等着。"

我趴在地上,感觉自己的身体薄如蝉翼,需要紧贴地面才能不被风吹走。而风一直在九奶奶的屋里穿梭,风口处发出啸叫。如果我在这时候走出去,完全有可能会被风卷走。隔着被积雪封起来的门,我听到猛犸镇居民发出阵阵哀号。

"真的没有人可以给喝一碗水吗?"我问九奶奶。

"不是所有人都会遇见那个给水喝的人,"她说,"你别想这事了,等着他们叫你回去吧。"

"那你呢?怎么办?"我问。

"这是我该来的地方,我等着风将我的骨头吹散。"她说。

这时,我听到有人在叫我。那声音远远地传来,却像一支箭一样地穿过风,进入了我的耳朵里。我从地上爬起来,我的双腿就快支撑不住我的身体。

"他们叫我了。"我说。

"去吧,"她说,"不要回头看。"

我朝着风口走去,疾风将我的名字不断地送到耳畔。我应了一声。我听见锣鼓声,念诵声,还有马儿打响鼻的声音。我的"白鹤",它站在门口等我。

　　天门开,地门开

　　千里童子送魂来

　　风不阻,雨无拦

　　当方土地,游路将军

　　速速护送新故亡人

　　居木小毛亡魂返回阿尼卡

　　由此送归该去之地

那声音每叫一次我的名字,我就应一声。我终于叫回了居木小毛。"白鹤"驮着我飞奔,我闭上眼睛,看见了阿尼卡。

双蛇记

一

火车穿过隧道,轰隆之声如雷。这是深秋的午夜。我从固纳乘火车到热水。我父亲病了。三个小时前,我的继母陈秋霜给我打了电话。她像那些有着重大隐情的报信人一样,没在电话里告诉我父亲的病情,只让我马上动身,越快越好。而在三天前,我的汽车被人追了尾,现在还在修理厂。

十五年前,我十九岁,来固纳上大学。此后,我再也没有离开这个地方超过一个月。我并不爱这里,只是懒得挪身。堵车、低薪、炎热、脏乱,作为一个三线城市,我完全能包容这些缺点。我有什么好挑剔的呢?一个在西南方的山区小县城长大的人。

固纳离热水四百公里,慢火车需要七个小时。

车厢里有人发出鼾声。我坐着,透过车窗看山顶的月亮。我不知道这轮月亮能够陪我多久。由于某种道义或无聊,此时我应该想想在这个世界上和我有关系的人。我的父亲,一个退休的语文教师。他出生在一个叫阿尼卡的山区,我从未去过。在那里,还有一个和我父亲长得很像的伯伯,我见过他。那是二十五年前的一个下午,他突然带着瓜果蔬菜和腊肉来敲我家的门。他想为我的堂兄富乐在县城找一个中学念书,但这事在我父亲的能力范围之外。所以,我的堂兄小学毕业后,子承父业,做了新时期的农民。有一段时间,富乐在县城做人力车夫,但从未去过我家。我的母亲教了一辈子数学,五年前死于心脏病。我的妹妹远嫁东北,我们已有五年未见面。

这不是一趟愉快的旅程。即使父亲不生病,我也根本不想见到他。如果可能,我希望自己是一个人。像一只鸟,孵化出来,便和父母没有了任何联系。人世间的纽带其实就是绊脚绳。可我们正是因为牵绊而来到这个世界。就像我,既是别人的儿子,也是别人的父亲。

我意识到,很多的事情并不会随着时间而流逝,而是重叠。我在固纳的镜湖边陪儿子骑车时,想到的是自己八岁那年在县城里学骑单车。一辆黑亮的永久牌单车,有我胸膛那么高。我父亲既不鼓励,也不阻止,冷眼旁观。我想,即使我当时面对的是敌人明晃晃的刺刀,他也会是那样的表情。他当时穿蓝色中山装,上衣兜里插着钢笔。他的衬衣很干净,衣领里缝着我母亲钩织的领花。这东西如今已绝迹。当时我八岁,上小学二年级。过去的一年,一直是我母亲骑车接送我。他们经常为接送我而争吵。我母亲认为该我父亲送,我父亲认为我该自己去。最后他们各退一步,让我自己骑车去。问题不在于学骑车,也不在于那辆黑色的单车多次驮着我驶向荆棘丛里,让我的脸上爬满大小不一的血蚯蚓,而是我父亲的目光。

"我怀疑我们俩不是亲生的。"

有天巧慧这样说,却被我敲了脑袋。作为她瘦弱的哥哥,我记得她在襁褓里哭闹的样子,记得她像条尾巴似的跟着我,也记得我们经常因父母的争吵而蜷缩到角落里。后来她远嫁东北,有次喝多了在电话里哭,说她从小就想离开热水。我在上火车前告诉她父亲病了,电话里传来搓麻将的声音。她说,你先回去看看情况吧,我忙着呢。

月亮仍在,山已变了数重。我无法想象这列火车行驶在夜晚的样子,因为我身在其中。正如我从小生活在那套六十平方米的教师宿舍里,却不知道自己家庭的本来面目。我母亲永远是一副低眉顺眼的样子,我父亲永远板着脸,神情恍惚。我们有吃穿,有学上,成绩中等,走向人群就像一滴水汇入大海。

没人能决定自己生在什么样的家庭。当我明白这一点时,我和朱丽已经结婚,经营着一个并不比我父母强多少的家庭。我母亲过世的第二年中秋,我带着妻儿回去看我父亲。路上他每过一个小时就打一次电话来,反复问到哪里了。我依据导航显示一次次回答他,最后忍无可忍挂断了电话。此后,他没再打来。当我们的车开到他居住的小区门口时,他站在那里,张望。我最先认出了他的蓝色中山装。这些年,他一直穿这种衣服,就像这个世界只有这一款衣服,就像这个时代从未前进。我摇下车窗跟他打招呼,他嗯嗯应着,却没了更多的话。那晚我们喝了一瓶他学生送的酒。他坐在我对面,处于一种神游状态。我叫他一声,他回应一声,就像我拉着一只风筝。

也是在那年冬天,他打来电话,我接起来却是个女人的声音。她说,我是你陈阿姨,我和你爸在一起了。我说,晓得了。

火车一次次进出隧道,这个庞然大物在天地间笨重迟缓地行进着。这种慢,不是落后,而是藐视万物的威严。这条铁路已有五十年历史。起初,它是我们这个国家非常重要的动脉,火车日夜穿梭,沿途的站点,都曾繁华一时。后来,汽车越来越多,火车越来越快,机票越来越便宜。这些穿梭在群山里的慢火车,渐渐被人遗忘。除非迫不得已,谁还会想起它?就像我的父亲。在他有陈阿姨照顾以后,我只在逢年过节时给他打不超过三分钟的电话。

这列火车将在早上八点四十分抵达热水。当年我在固纳上大学,每次都是坐这个班次的火车回家。那时的七个小时中,我会和同车的学生打扑克,嗑瓜子,喝啤酒,海阔天空聊未来。今天这七个小时,我斜靠车窗,月亮时隐时现,像我父亲阴晴不定的脸。如今,他病了。谁不会病呢?谁都会病,谁都会死。谁都是父亲,谁都是儿子。

火车更慢了。前方到站,热水。车厢里骚动起来。我保持着一个人回到故乡时该有的淡然。天已亮,可我浑然不觉。这列火车从黑夜驶向了白天。仿佛白天和黑夜同时存在,只不过是由一列火车实现昼夜交替。车窗外早已面目全非。曾经的村庄和农田上,矗立着高楼。热水如其名,地下涌动着温泉。巨大的广告屏幕上,闪现着蓝色的广告词:温泉之都欢迎您。在那节车厢,我最后一个下了火车。

我父亲在热水第一人民医院,离火车站只有一公里。我选择走路去。我在这里生活了十八年,地图在我心里。医院的大厅里响着一种类似蜂巢的嗡嗡声。仿佛世人都在病中。搭电梯比乘火车还要难,焦虑的人们随时准备化为一道闪电挤进去。我选择了步行梯。这倒好,很安静。走道里弥漫着消毒水的味道。落满灰尘的灭火器顺墙根摆放。我顺便在过道的转角处上了一次厕所,小便。我的尿液浑浊,想必是久坐的缘故。

陈阿姨说他们此刻在过道里的椅子上。我站在过道的一头,一眼就看见了熟悉的蓝色中山装。我朝他走去,他侧脸贴在一个胖女人的大腿上,眼睛闭着,但眼睑在动。我站在他面前,他尚未发觉。这是我和陈阿姨第一次见面。她看到我,从焦虑中解脱出来,脸上挤出一丝笑容。

"你是一心吧?"她略显尴尬地推了推我父亲。

"他怎么了?"我盯着父亲发问。

他被我们的对话吵醒了。他睁开眼,挣扎着,在陈阿姨的帮助下坐了起来。他看了我好几秒,似乎眼睛和脑袋之间隔着很长的路。他终于认出我,轻声问,你来了?我来了,我说。陈阿姨递给他一个带奶嘴的水杯,他接过喝了一口。

他从来都是个瘦小的人。瘦小的孩子,瘦小的青年,瘦小的中年,瘦小的老人。别人的父亲中年发福,老年时血压升高,他没有。他体内有着粉碎机般的消化系统,任何食物经过他的身体都是只入其味。如今,他变得更瘦小了,像一个裹在成年人衣服里的孩子。又黑又瘦,典型的久病之人。

他换了个姿势,斜靠在椅背上,像一件被人随意丢弃的衣服。我用眼神示意陈阿姨借一步说话。她有一丝局促不安。

"他到底怎么了?"我问她。

"辛老师疯了,"她说,"虽然医生的诊断结果还没有出来,但我敢肯定他的脑袋出了问题。"

"为什么会这样?"我掏出香烟,还未点上就被保洁阿姨制止了。

"我想,还是因为他打死了那两条蛇吧?"陈阿姨放低了声音,眼睛一直盯着我父亲。

这时,候诊大厅的小广播里,有个女声在念我父亲的名字,电子屏幕上,他的名字变成了红色。

二

我父亲看见两条红蛇交织在一起。在热水县公园的花坛里。这本不奇怪。奇怪的是,他竟然在恐惧中生出恶意,用砖头砸死了它们。

"他根本不知道自己为啥要打那两条蛇,也不知道为啥那两条蛇那么不经打,一砖头下去,两个脑袋就碎了。"

陈阿姨知道这事,已是半年以后。据她说,半年来,这两条蛇每分每秒都活在他心里。他走着,站着,睡着,醒着,都在想这两条蛇,却不跟任何人说。他之所以恐惧,是因为他认为这是两条专门为他显现的蛇。

"辛老师在生活上对我很好,但不交心。"陈阿姨说。

"他就是这样的人。"我只能这样回答。

突然,有个穿白大褂的男人从核磁共振室里惊慌跑出,朝我们喊:病人家属,在哪里?快来!我们冲进去,看见我父亲跪在地上,朝那台冰冷的机器叩头。我去拉他,但他像生了根一样,无法撼动。我说,爸,你在干啥?他说,你快跑,他们要来抓你了。我说,我是谁?他说,你是蛇。核磁共振室的门口挤满了看稀奇的人,医生在一旁无奈地摇头,让我们拖他出去,别耽误了其他人的检查。又过了一会儿,医生来到过道上。

"像他这样的情况,我建议你们还是送去三院吧。"

三院,就是精神病院。人们谈起它,脸色和谈殡仪馆一样。它在县城北郊,是几栋隐藏在树林中的白色建筑。我走到医院外面,给我妹妹打电话。她说,情况这么严重?我说,医生是这么建议的。她说,那就听医生的呗。我给朱丽打电话,她没有接听。我给她发了一条微信:爸的情况不好。她没回。我想,我们之间的事情,她已经想清楚了。我们最近在闹离婚。是我提出来的。没别的原因,我就是觉得不爱了,突然失去了继续生活下去的勇气。也许一个人的爱就像烛光,燃着燃着就熄灭了。被风吹灭,或油尽灯枯,结果都一样,只是时间问题。

我父亲坐在过道里的椅子上,头枕着陈阿姨的肩。他又抱住了那个奶嘴杯,但没喝,水快没了。他闭着眼,嘴唇翕动。陈阿姨看着我,我朝她点了点头。

"我们走吧,"她站起身,伸手去拉我父亲,"医生说你没事了,回去休息一下就好。"

我们一人抓一只手,搭在肩上,架着父亲下了楼。他的头歪向我的肩。我伸出另一只手去揽他的腰,瘦骨嶙峋。他轻声问我,朱丽呢?我以更轻的声音告诉他,朱丽在上班,还要照顾孩子。他说,你们要好好的。我的额头渗出冷汗。

出租车来了。陈阿姨先坐进去,伸手来拉我父亲。我护住他的脑袋,以防撞到车门。他突然惊恐地看着我,问,你们要带我去哪里?陈阿姨说,我们回家,你的八哥还没喂食呢。我父亲说,八哥的肉不能吃。司机扭过头来,不耐烦地问,走不走?我们只好连推带拉把他弄上了车,并且一人抓住了一只手。

从一院门口穿城而过就到了三院。我们在门口下了车,扶着父亲朝里走。在我们的头顶上方,二楼和三楼的窗户后面,是一双双呆滞的眼睛。我看见有人张嘴吼叫,但没有声音。这里的诊室和一院不同。我父亲被医生带进去后,铁栅栏门隔开了我们。我和陈阿姨抓住铁栏,像两个犯人。

姓名？辛远山。年龄？嗯。出生年月？我属羊。今天是几月几日？不知道。你哪里不舒服？我害怕。怕啥？那些声音。啥声音？钟声、锣鼓声、木鱼声、念经声。这些声音怎么会害怕呢？他们要来害我。谁要来害你？他们用斧头砍我脑袋,用镰刀割我脖子。

医生站起身,送他出来。经历了这一场拷问,他浑身颤抖。然后,医生让我进去。他建议我们先住院观察。我问医生是否确定我父亲的精神出了问题。

"是的。"医生说,"他会狂躁,还有可能会伤人,或者伤自己。所以,他需要住进来。"

我必须得接受这个事实。我父亲疯了。我小时候和妹妹吵架,最恶毒的话是,信不信我送你去三院？结果某天,我却要把父亲送到这里来。

"跟那些人住在一起？"我问医生,"家属能陪着吗？"

"不能陪,也不需要陪,"医生说,"这里的病人都这样。"

我的眼前浮现出父亲穿着病号服,目光呆滞的样子。他那么老了,在一堆身强力壮的精神病人中间,会像一只苍老的鹅。

"我们可以在家里治疗吗？"我又问,"天天陪着他,按时服药。"

"这个,你们自己选择,"医生说,"我只负责建议。"

没跟任何人商量,我做了决定：带我父亲回家。医生开的药是：

氨磺必利片、氯淡平片、艾司西酞普兰片。我知道,吃了这些药,我的父亲就会成为一个靠药物来镇定的人。没有药物能驱散人内心的恐惧,只能让意识麻木。他会在药物的作用下变得安静,其实就是呆滞。可是除了服药,我们没有别的办法。

我们坐车回家,一路沉默。他坐在我身边,头靠在我肩上,眼皮艰难地眨动,像两只濒死的飞蛾。

表面上看,热水这些年经历了日新月异的变化。但真正了解它的人,也知道有些东西一直都在。比如教师宿舍院外的那株三角梅,依然蓬勃地开着。我曾经骑着失控的自行车钻进它的枝蔓之间。花开的时候,我妹妹每天摘一朵放在书里。小区的铁门,也还是以前的样子,生了锈,摇摇晃晃。

回到院里,我父亲强打起精神,要独自上楼。几个退了休的老同事过来问病情,他甚至挤出了一丝笑容。陈阿姨走在前面,像个女主人似的带路,熟练地掏钥匙。八哥听到开门声叫了起来:阿尼卡,阿尼卡。我父亲突然一下子跪到了地上,嘴里发出一声含混不清的"哞"声,浑身发抖。我和陈阿姨一人拽一只手,拖他不起。

"跪下,"他说,"你给我跪下,求菩萨保佑。他们要害你。"

我没动。他揪住了我的裤腿,目露凶光,仿佛要害我的人是他。陈阿姨关了门窗,拉着我父亲的手,哀求道:"你起来吧。孩子在场呢。"可我父亲双手抱头,嘴里发出的长啸足以穿透门窗。我只能依了他,陪他跪在冰冷的客厅里。如此,他果然安静了下来,乖乖服下陈阿姨送来的药。又过了一会儿,他说他们原谅我们了,让我起来。

药物开始起效,陈阿姨让他去卧室里睡觉。客厅里只剩下我们俩。她给我泡了一杯茶,然后开始给八哥喂食。我问她为啥八哥会叫阿尼卡,她说,因为自从我父亲看见那两条蛇以后,几乎每天都在念叨阿尼卡。她系着我母亲曾经用过的围裙,在客厅和厨房之间穿梭。我母亲的遗照还挂在墙壁上。家里还是我上次见到的样子,只是多了一个陈阿姨。她并没有像一些女人那样,要把这里打造成她的地方,除了卫生间里的牙刷,我没有看到更多她的东西。她不时来到我身边,断断续续地讲起我父亲半年来的情况。

"有一段时间,我发现他老盯着一个地方,半天回不过神。"

"他一直是这样的,"我说,"神思恍惚,几乎没有过笑容。"

陈阿姨说她在我父亲走神的时候仔细观察过他的表情,感觉像是有针在扎他的脸。他痛得抽搐,像是魂被什么东西给牵走了,往往需要她去帮忙拽回来。她问他怎么了,他说没事。她说既然没事,那你好好的,我要走了。她真的开始动手收拾衣服,她伤心极了,她不想跟一个心里装着事的人一起生活。于是,我父亲被逼讲了看见蛇的事。陈阿姨说,谁没见过蛇呢?我父亲说,它们不是两条普通的蛇,它们在很多年前就被我打死了。他讲完这些,终于崩溃了,说他害怕。我父亲夜不能寐,一天天憔悴下去,却不让陈阿姨告诉我们。

"前两天,他吃饭的时候,突然瞪直眼睛,把一碗饭一口气扒进嘴里,然后开始啃碗,嚼筷子。我想,我必须得告诉你们了,否则,我担不起这责。"

"阿姨,"我叫了她一声,"你会因此离开我爸吗?"

"不会,"她说,"我跟辛老师在一起,图的是他心好。"

这是我第一次听人说我父亲心好。这个仅仅和我父亲生活过几年的女人,她在晚年遇见我的父亲,就像一个人走进一片森林遇见一棵树。却不知它经历过什么样的风雨,为什么会长成今天这个样子。当然,我也不知道。她转身进了厨房。我又开始给妹妹打电话,她没接。我发了信息,让她无论如何得回来一趟。至于朱丽,我想,先不打扰她了。我向单位请了年假,回去补假条。既然谁的父亲都会生病,那我只能面对,虽然我现在还没有想好具体要怎么办。

我父亲醒来时,天已黑尽。他足足睡了四个小时。在这期间,我回到曾经属于我的卧室里,关上门,抽了半包香烟。发黄的老墙上,还贴着同样已经发黄的明星贴画。他们是"四大天王"和小虎队,以及关之琳和温碧霞。还有那些我无聊时写在墙上的小诗,如今看来是多么可笑。那时,我母亲和妹妹住大卧室,我父亲睡在沙发上。那时,我做梦都想离开这里,离开热水。最后如愿以偿。那时,我想如果有天结婚了,一定要找个我爱的女人,幸福地生活。最后事与愿违。

陈阿姨照顾我父亲洗脸,给他挤牙膏。她像是他的另一半大脑,总比他先想一步。我又想起朱丽。如果我们坚持走下去,再过几十年,会怎样?当然,我只是这么一想,对于我们的未来,我已不再期待。我们经历过漫长的谈判。关于婚姻,关于爱,关于未来。我不知道人为什么要结婚。人们口口声声说的爱,是合适,是好感,还是至死方休?

晚饭时我父亲提议我们喝点酒。我们吃惊,但又无法反对。从医院回来,我们的世界就变成了玻璃的。地板、墙壁、手机、锅碗瓢盆、嘴巴、眼睛……都需要轻拿轻放,小心翼翼。

我们举起杯,象征性地碰了一下。陈阿姨为我们夹菜。我们轻声说话,咀嚼,甚至看向彼此的目光也是轻的。但是,我们又担心过分的安静,是否会激起不良反应。

我说:"爸,我已经请假了。我陪你一段时间。你的问题不严重,慢慢就会好起来。"

"我的情况自己明白,你不用安慰我。"他说,"如果你真有这份孝心,明天陪我回阿尼卡。"

我和陈阿姨相互看看,谁也没说话。

"如果你们不想陪,那我就自己去。"

说完这话,他将杯里的酒一饮而尽,闭上了嘴。又过了一会儿,他蜷缩到沙发上,闭上了眼睛。电视机开着,静音,变化的光影照在他脸上。我和陈阿姨不时对看,都在等对方开口。

"好吧,"我说,"明天我陪你回阿尼卡。"

"我也陪着去。"陈阿姨说。

他并没有我们预想中的欣喜,但也并非置若罔闻——他的眼里,渗出了泪水。我们都看见了,但没有帮他擦拭。也许,他自己都没有意识到。从那一瞬间开始,我们谁也不想再说什么。我父亲默默起身,套上棉拖,进了卧室。

三

"三十年了。"

我父亲坐在出租车的后排座上,喃喃自语。我和陈阿姨没有接话。窗外在下雨,这不会是一段轻松的路。出租车一般不出城,我花了高价,但没有告诉他们。此刻,他双手抱紧奶嘴杯,杯里装的热牛奶。这是他退休后每天早上必喝的东西。所不同的是,热牛奶的女人已经由我母亲变成了陈阿姨。陈阿姨天不亮就起来收拾,像要搬家似的装满了两大箱衣物和生活用品。我的年假只有十天。这是我大学毕业至今父子相处最长的时光。我有了儿子以后,回想起我父亲,像是站在一面镜子前。想起他对我的冷漠,我便倾尽所有热情去对孩子。想起他的暴脾气，我就努力心平气和去讲话。

这时是十一月中旬，立冬已过。这阴雨天气像传染病，让出租车司机没了好心情。幸好他会抽烟，让我有机会不停地给他发烟。他沉默地接过，一支接一支抽着。后来，我索性把一盒没有拆封的香烟给了他。雨刮在挡风玻璃上来回摆动，我在车窗外寻找着记忆。而当出租车驶出了县城，我连零星的记忆都没有了。可比记忆更重要的是接下来的日子。我们的车到洼乌镇，我堂兄富乐会骑摩托车来接。我昨晚给他打了电话。得知我们要回阿尼卡，他并没有表现出太多热情，和他们进城时我们的态度一样。

我父亲坐在我和陈阿姨中间。他的身子在微微颤抖。我不知道他是因为冷还是害怕。陈阿姨为他加了一件外衣，并建议他睡一会儿。

"我睡不着。"他有气无力地说。

车内空气浑浊，他咳嗽起来。我打开车窗透气，风卷着雨灌进来。我只能赶紧关窗。父亲的目光越过我，望向窗外，发呆。我不知道那些一闪而过的景物，是否会在他脑海里留下印象。他仍然穿着蓝色中山装。我毫不怀疑，三十年前的某一天，他也是穿着这身衣服从阿尼卡到的热水县城。阿尼卡，我在心里默念这个名字，像念一句咒语。它是我父亲的故乡。

城乡之间的公路年久失修，浅薄的沥青早已被车轮带向了四面八方。车行驶在这样的路上,像是裹了小脚的老人,磕磕绊绊,小心翼翼。热水县所辖的乡镇分布在它四周的群山里,都需要翻山越岭才能抵达。车爬到山顶时,雨停了,风里带着枯枝败叶的气息。没有树木的地方,是衰草。沟壑纵横,悬崖峭壁。

车窗全部摇下。我们呼吸着凛冽的空气,五脏六腑正在一点点冷却。我父亲打了个喷嚏,吓得陈阿姨赶紧关了车窗。这喷嚏惊醒了一直沉默的司机。

"这大雨天的,你们去洼乌干啥?"他从后视镜里瞟着我们,仍然没有好脸色。这也难怪,这条路太烂了,他的汽车底盘被刮了两次。

"去走亲戚。"我敷衍道。但这家伙的话匣子一打开,就关不上了。他说他已经很久不跑长途了,太危险。某个夜里他被人包车去苦竹镇,上车的时候只有一个老人,哪知走到半路,从树林里跳出四个人,拦下他的车,把他当只大闸蟹——五花大绑,扔进荆棘丛里,连身上的最后一枚硬币也搜走了。

"你去过苦竹没?"他问我,不等我回答,他又说,"从那以后,我再也不跑长途了,今天如果不是看在老人身体不好的分上,我也不会去洼乌的。"

我向他道了谢,并告诉他我没有去过苦竹,但知道那地方民风彪悍。即使是现在,在纳固,仍然活跃着若干来自苦竹的年轻人。他们无所事事，混迹于各大娱乐场所，喝酒和赌博，靠不要命而活着。臭名昭著。

"苦竹！"我父亲突然一声吼叫，吓得司机下意识地去踩刹车。出门时已经给他吃了药，看来效果并不理想。我下意识地去抓他的手，防止他突然站起来。但他只是浑身瑟瑟发抖，像一只听见了狼嗥的丧家之犬。

"苦竹！"他又叫了一声，咬牙切齿。他这么一闹，司机终于沉默了。

雨后，道路湿滑。太阳冲破云层，灰蒙蒙地贴在天上。洼乌距热水一百公里，一道道山梁一条条沟，已经把它们隔成了两个世界。四个小时以后，两山之间那个略显开阔的地方，已经能够看见写有洼乌字样的招牌。几排贴了白色瓷砖的楼房之间，既是公路，也是街道，被雨水冲刷后，泥泞四溅。如果是赶街天，道路两边会摆满各种地摊，车辆经过这里会排起长队，按响喇叭。

在一家超市门前，我的堂兄富乐和两个男人坐在长凳上，一人手上握着一瓶啤酒。他们的面前，停着三辆摩托车。我和陈阿姨架着父亲走到他们面前，给他们每人发了一支烟，然后看他们大口喝啤酒。我父亲认出了富乐，脸上的表情激动起来，但嘴里含糊不清，像梦话。

他坐上了富乐的摩托车后座。为了防止他中途松手，掉下车去,富乐从超市里买了一根绳子,将两人的腰绑在一起。他没有大喊大叫,而是呆呆坐着,对我们的交代唯唯诺诺。

摩托车朝山间驶去,像三头不太听话的公羊。我们都没有戴头盔。风从耳畔刮过,让人担心某个时刻耳朵会被吹飞。肠子似的山路上只有我们这三辆摩托车。引擎声混合在一起,突突突,像三股喷泉从地上冒出。像我这种生长在县城的人,除了路边的松树和桤木,再也认不出别的树木。至于林间被惊飞的鸟,我更是认不出来。我父亲则不然。他的这一生,在县城和乡村生活的时间各一半。他回到阿尼卡,就像一只鸟返回了老巢。一个人老了,还有故乡可回,这似乎也不算很差。

富乐载着我父亲走在最前面,中间是陈阿姨,我在最后。这样安排,是为了让他们不消失在我的眼皮下。我们的摩托车沿着车辙朝山顶开去,低挡位,大油门,车轮不时跳进坑里,又挣扎着爬出来。骑车人习以为常,但我心惊胆战。这样的山路上,稍不留神,就有可能葬身悬崖。

"还要多久?"我问。

"还要一个小时,"骑车人说,"刚走了一半,马上就到大风洞了。"

大风洞。我心里默念了一遍,果然觉得风比之前更猛烈了。前方是一个山垭,道路分了岔。富乐的摩托车停在前方,他在等我们。

就在这时,我看见我父亲突然张开双臂,挥舞着,拼命挣扎。富乐猝不及防,用一只脚撑住车身,双手紧紧握住车把。我们已经赶上来了。我赶紧跳下车。

"我们在这里歇一下吧,"富乐说,"前面的路更难走。"

"不准停!"我父亲咆哮起来,用手捶富乐的肩和背,"快走!这里是大风洞啊,快走!"

富乐看着我,哭笑不得。若不是他想到用绳子将两人绑在一起,我父亲此刻肯定已经滚下车了。富乐没法子,只好继续骑车前行。车一启动,我父亲立刻安静了。我的目光向四周搜寻,果然看到了那个独眼似的黑洞。

"大风洞是啥地方?"我问。

"一个岩洞,"骑车人说,"不知道有多深,里面倒挂着好多蝙蝠。"

"赶紧走吧。"我说。

我害怕蝙蝠。这种软塌塌的东西,总让我想到鼻涕、老鼠和夜间飞行的不明物。

翻过大风洞,就进入阿尼卡的地界。人们散居在山坡上,在相隔几百米的平坦处建起了大小不一的白色砖房。多年前,这里肯定不是这样。只有那些站立在房前屋后的老树,在宣告着这个村庄的年龄。这里并没有通公路。在这里,摩托车像牛和驴一样,必须习惯这样的羊肠小道。我们的摩托车从地埂上，从屋檐下，从桃树下，从水井旁驶过，引擎轰鸣，鸡飞狗跳。这里的土壤是红色的，犁过的土地像一道道伤口。

"快到了。"骑车人说。

那时，我们的摩托车行驶在一条地埂上。富乐的摩托车突然停了下来。我父亲正伸手从富乐的腰间寻找绳子的结头。

"马上就到了，"富乐双手紧紧护住腰腹部的绳结，哀求，"叔，别这样，小心掉下去。"

"放我下去！"我父亲吼叫着，不顾一切地想要往下跳。我赶紧停了车，加入这场绳结抢夺战中，我父亲很快败下阵来。

"我求你们了，放我下去吧。"他眼泪汪汪地看着我，"我认识这里，我要下去看看。"

我不想他一回到这里就哭泣，又想着反正这儿地势平坦，不会有什么危险，就和富乐交换了一下眼神，解开绳结扶着他下了摩托车。然而，他的脚一沾地，就撒腿跑开了。他转动着双臂，沿着那块平地飞跑，嘴里发出啊啊声，像一只要奋力起飞的乌鸦。他跑了三圈，然后突然跪了下去，以头抢地，那啊啊声变成了抽泣。我们站在一旁看着，不知所措。这是中午的阿尼卡，雨后的阳光像明晃晃的宝剑直插大地，风吹草动被无限地放大。一百米开外的白色院子里走出来一位老人，身后跟着一条黑狗。他径直走到了我父亲身旁，我才认出,这是我伯伯。

"起来,回家去。"他在我父亲身边蹲下,低声命令,但话里有着雷霆万钧的力量,我父亲如梦初醒,挣扎着从地上站了起来。他摇晃着纸一样的身子,被我抢先一把扶住。这是一片空地,之前种的是玉米。在这样的时节,玉米茬被犁翻过来,露出一团一团的红土。在某团红土中间,有一片不规则形状的青色瓦砾。

四

从地理位置上说,我们回到了阿尼卡。从心理上说,我们回到了父亲的回忆中。迫不及待地回忆。像是在观看一部老电影,主角是父亲和伯伯。而我们,这些观众,也没有闲着。上菜,倒酒,盛饭,在我们到来之前,这些饭菜已经加热了三次。他们旁若无人地说起小时候兄弟俩上山挖草药,上学路上被恶狗追,说起某个春天我父亲差点死于一场麻疹,我伯伯一直坐在床边哭。我们只能听着,吃着。而他们的话题越说越远。

两百年前,我们的祖先来到阿尼卡。我们从哪里来?兄弟俩居然争论了起来。我伯伯说是南京,我父亲认为是江西。但共识是我们这个家族高鼻梁、大眼睛,竖起拇指像蛇头。这是我们血脉里的暗号。

"不信？你们试试。"

我和富乐真的竖起了拇指,研究起来——也许是心理原因,我们觉得他们说得对。于是,相视一笑。

某一会儿,我伯伯出于对晚辈的关怀,问起我现在的工作以及我妹妹在东北的生活。但当他云里雾里地听了出版、编辑、发行之类的词后,端起酒杯和我父亲碰了一下,话题又沉入了往事的泥潭。这真是一个幽深的泥潭,一个下午就这么过去了。

天黑前,我们在火塘里生起了火。金色的火焰舌头一样地舔着木柴。深秋的风怒吼着,院门不时被推开。那风无穷变幻,像无家可归的孩子,又像横冲直撞的泼皮无赖。那风在吹,在响,在推,在拉,剥去我父亲身上往事的外衣,他开始瑟瑟发抖。无形中,又有针在刺他的脸了,但那痛是明显的。似乎,那风就是冲他而来的。

"我害怕,"他说,"是有人进来了？"

"莫瞎想。"我伯伯说。

陈阿姨从药箱里翻出了药,让他服下。在药物生效之前,他双手抱住膝盖,望向火苗。那一团团在木柴上欢呼跳跃的精灵,轻易就能将人的思绪带向远方。有那么一段时间,大家都没有说话。而风一直在叫嚣,没完没了……

伯伯家有一院房子,九间。但是,这些房子的利用率极低,牛圈、猪圈、厕所、杂物间、洗澡室、堂屋……轮到人住的卧室,不过只有三间。富乐一家三口,占了一间,伯母和陈阿姨住一间,所以,我、父亲、伯伯,只能住一间。

当卧室里只剩下我们三个人时,我父亲看起来清醒了一些。这房间的通风不好,只有一扇半开着的玻璃小窗里,能够吹入几丝冷风。三张床一字排开,床上用品臃肿不堪。我们坐在床沿抽烟,烟蒂随便扔在地上。墙壁上,投下了我们局促的影子。

"把灯关了,说会儿话吧。"我父亲说。

我伯伯关了灯,但没有说话。

我冷,我困。在冷和困的交织中,我听到我伯伯在叹气。然后,我父亲翻了个身,木床嘎吱作响。

"你怎么就得了这病了呢?"我伯伯问。

"我打死了两条蛇。"我父亲回答。

"活了一辈子,谁还没见过几条蛇。"

"和那年打死的那两条一模一样。"

此后,又是长久的沉默。也有可能伴有几缕叹息,我不确定。入眠是向着一个无底的深渊下坠。当我被陈阿姨叫醒,天已大亮。

"快点!"她说,"你爸在外面,弄不回来了。"

我翻身坐起,却在掀开被子前犹豫起来。毕竟,这不是我母亲,只是一个和母亲年龄相当的女人。她也意识到了这一点,转身站到了门外等我。

她说的外面，是距离我伯伯家大约五百米远的一个小山坡。那里树木稀疏，荒草丛生，我远远地看见父亲坐在那里，其他亲人站在他周围，正说着什么。陈阿姨跑在面前，不时回过头来跟我说话。她说，早上睡醒，我父亲便来到这个小山包上，一个人坐着，谁也叫不回来。

"那让他待着呗，"我不以为然地说，"在这乡下，也不会有什么危险。"

"他们说，不能让他待在那里。"

爬上那个小山坡，我们气喘吁吁。我父亲坐在一大一小两树之间，将它们揽在怀里，沉默地望着远方。其他人呢，如临大敌，却又一筹莫展。我伯伯一次次去拉，去劝，去骂，都无济于事。最后，所有人的目光都落在了我身上。

我说："回家吧，爸。地上凉，小心感冒。"

"家早没了，"他说，"啥都没了。"

"你不要乱说！"我伯伯说，"你不是还有一心和巧慧吗？"

"一心……"我父亲喃喃念叨我的名字，带着哭腔。我在他身边蹲下，伸手稳住他的肩，一遍遍地回应着他。那一声声呼唤和一声声回应，就像相互配合的两把锤子，一次次锤打、锻造，让铁变得柔软——更何况是人心。其实，从我在医院里看见他那一刻时，我的心就软了。当年那个冷酷、威严，丝毫容不得冒犯的男人不见了，取而代之的是眼前这个苍老的孩子。我们走在时间的圆环上,从过去到现在,我们交换了位置。

"你们都回去吧,"我对其他人说,"我留在这里陪他。他愿意坐多久,我就陪他多久。"

"不能坐在这里!"我伯伯说,"这里不干净,邪气重。"

"邪气?"我问。

"是湿气,"富乐抢过了话,又瞪着伯伯,喊了一声,"爸!"

我伯伯便不再说什么了。他们走了。陈阿姨走在最后。他们越走越远,我父亲如释重负,但依然紧紧将那两棵树揽在怀里。阿尼卡地广人稀,人们呈散居状。在这里,若非刻意,否则你要遇见一个人的概率会比遇见一棵树一朵花要小得多。但也有例外,比如我和父亲现在身处的这个小山坡。我看了看四周,除了父亲抱着的这两棵树外,就只有几蓬灌木丛和一片衰草。我不明白,他为什么要选择这里。

"你看,这里是不是很好?"我父亲问。

"哪里?"

"这里,"他说,"这个小山坡,我们现在坐着的这里。"

他脸上的笑容莫名其妙,但同时流露出某种认真。

"我不知道,"我说,"你抱着的这两棵是什么树?"

"它们可不是树,"他说,"你要记住,如果我死了,你一定将我埋在这里。必须是这里。"

他可能是早上忘记吃药了。这药的效果很一般,几乎只能带给我们一种心理慰藉。我想,如果他继续这样,我得带他离开这里,去省城看看。生活的胶卷,底色藏在暗影里,在时间的冲洗下,正一点点成像。我接受了这现实。我父亲老了,病了,当然,我还要接受他某天会死去。但是,在他死前,我想尽一个儿子的义务。

"爸,我们在这里玩两天,然后去省城。"我说。

"我哪里也不去。我回来,就是要死在这里。"他冷冷地说。

"你现在是清醒的吗?"我问。

"我一直清醒,"他说,"比任何人,任何时候都清醒。"

我不再言语,默默地陪着他,连目光也随着他转。他正在看头天下跪的那片土地。目光停留在那里,仿佛那是一块银幕,里面有他才能看到的内容。又过了一会儿,我听见他的嘴里发出磕牙声。

"你冷吗?"我问,这话打断了他的目光。他回过头来,瞪了我一眼。

"别说话,"他冷冷地说,"这里没你什么事,你回去吧。"

又来了,我绝望地想。他那半明半暗的内心世界,就像大地要以什么面目见人,全凭太阳的心情。只是,他给我的阳光实在太少。就像我是一个多余的人。一种累赘。一种罪孽。这种感觉,不光我有,我妹妹巧慧也深有体会。所以,在我大学毕业的时候,我没有回到热水让他搜寻各种关系,帮我进入某机关或事业单位。如果是之前,他告诉我"没我什么事了",那我一定甩手就走。但是现在,我们处于一种不对等的关系中。我不能像他一样,向比自己弱小的亲人展现自己的强大。

他的目光从那片土地里撤回来,定睛到了怀里的树上。他轻抚着那棵大一点的树,目光里有我从未见过的慈爱。他像是在哄那棵树睡觉,或者它已经睡着了,只是出于一个父亲的无限怜爱。他的嘴里发出含混的喃喃声。我想,也许他是故意不想让我明白。有一阵子,我被他搞糊涂了,恍然觉得自己就是那棵树。但我从来没有享受过这样的父爱。

对于那棵小一点的树,他亲吻它,然后咯咯笑。这样的亲吻,我同样没有过。我受不了了,站起身,走到几步开外,看着他。太阳已经升起,金光洒下来,落在他的白发上。

我确定,我的父亲疯了。虽然我不忍心用这个词,但它比"神经错乱"和"抑郁"更直接。小时候我在热水的街头见过疯子,追着小孩子打,或者在大街上唱歌。那时我根本不认为疯是一种病,而是一种状态,就像睡着了,就像在做梦。但当这个人是我父亲时,我下意识地想要走进那个世界,和他一起承担。

我们一直坐在那里。看太阳一点点升高,照得浑身暖洋洋。我父亲终于放开了那两棵树,他坐在它们中间,不时看看树,又看看我。洋溢在他脸上的慈爱让我动容,那是父亲该有的样子。我兜里的手机发出微信提示音。是朱丽。她问:我们什么时候去办离婚?我没有回答她。

"走吧,"我站起身来,"我们回伯伯家。"

这次,他居然乖乖站了起来,伸给我一只手。他吊在我肩上向前走几步,突然站住,回过头来,看着那两棵树,挥了挥手。

"我还会再来看你们的。"他说。

五

在阿尼卡,时间慢得叫人无所适从。日升日落缓慢,牛羊脚步缓慢,风声吹过山野的回声也缓慢。人呢,除了吃饭和睡觉,似乎找不到别的事情来消磨时间。我们围坐在我父亲身边,小心翼翼地说着无关痛痒的话。我们一次次谈起庄稼和牛羊,谈起天气和收成。言者无意,听者无心。

这里的人们一天只吃两顿饭。所以,每顿饭都有足够的时间去准备。炖火腿、熬红豆、炖土鸡,厨房里一直飘着若有若无的香气。清晨的时候,我们坐在堂屋里,面对着一台声音沙哑的电视机,嗑瓜子。然后在中午的时候,移步到院子里,晒太阳。屋外的柳树下,有几只喜鹊在叫,我伯伯说,要来客了。喜鹊飞走后,又来了两只乌鸦,聒噪得让人心烦。

"我害怕。"我父亲说。

我们知道他害怕乌鸦叫,陈阿姨给他吃了药,让他去睡一会儿。他先是拒绝,但那两只乌鸦一直不走,一直叫,他便起身躲进了卧室里。大约过了十分钟,陈阿姨去看他,然后回来告诉我们,他睡着了。可奇怪的是,即使我父亲不在场,我们也丝毫感觉不到轻松。我们不知道该说些什么,却又不能冷场。他们提议,让我也去休息一会儿。我说,我想去村里走走。

"那我陪着你去。"我伯伯警觉地站起了身。

我们朝外走去,那两只乌鸦还在叫。我伯伯拾起一个石头扔出去,乌鸦飞了一圈,无枝可栖,又落回原地。他神色凝重地站着,看着那两只乌鸦——它们相互倾诉,似在发布着某种信息——如果这真是一种不吉祥的鸟。

"走吧,"我说,"不管它们了。"

我带头朝前走,好让他跟上来。那两只乌鸦一直在叫,但声音越来越弱。那时,我们已经走到那块我父亲下跪的地边。我站住,我伯伯也随之站住。

"这块地是谁家的?"我问他。

"以前是你父亲的,现在是我的。"他说。

"这里一直种庄稼吗?"我又问。

"土地不种庄稼,还能干啥?"他说着,从我身边跨过,慢慢朝前走。但我走进了那块地里。它的前后方栽种着核桃、棕树和竹子。我席地而坐,又看见了夹杂在土坯里的青色的瓦砾。

"走吧,我们四处走走。"我伯伯说。

我起身,拍了拍屁股上的土。继续朝前走,路宽不过二尺,难以并肩而行。这是村里的主干道,人们散居在路的两边,看上去了无生气。

"你给我讲讲我爸以前的事吧。"我说。

"你爸从小就很聪明,很努力,他是阿尼卡第一个有工作的人。"

"这个我知道。"

"你现在最应该关心的,是他的病情。"

"那两条蛇,是怎么回事?"我问,他脸上的肌肉抽搐了一下。

"他从小害怕蛇,但没想到会被吓成这样。"他说得轻描淡写。

"其实你可以告诉我的,"我说,"无论什么我都可以承担。"

他沉默以对。我看向他,他的目光躲开了。

"一个人,不会无缘无故疯掉的。"我说。

"我们回去吧,"他说,"你爸也该睡醒了。"

我父亲确实醒了,并且精神状态不错。伯伯家来了三个老人,是父亲儿时的玩伴。他们带来的白酒和饼干,放在伯伯家桌子上。

他们明显比我父亲要苍老,用树枝样的手指夹着香烟,大口大口地抽着。简单地寒暄过后,他们的目光紧紧盯住了我。

"这是一心,我的大儿子,在固纳工作。"我父亲的语气中难得有了一丝骄傲。

老人们噢噢点头。我试着换了个地方坐着,他们的目光又追了过来。我只好掏了手机来玩,耳朵却留意着他们的谈话。

"好多年不见了。"一个老人说。

"是啊,"另一个老人说,"三十年了,那事以后就没见过。"

我伯伯咳嗽起来。他在别人的目光之下,说自己可能有点感冒了。

"这些年,你几乎没有变化,"一个老人说,"还是年轻时那瘦猴样,扛木头都只能扛轻的那头,重的留给女人。"

这个老人说完兀自笑了起来。但笑着笑着,发现并没有人陪着他笑。他红着脸,猛抽了几口香烟,起身走了出去。

"这个李老八,马尿喝多了。"另一个如此解释。

我抬起头,看了看说话人。他朝我笑了笑。令我惊讶的是,这个下午,我父亲竟然出奇地正常。这让前来探望的老人都不便问他的病情。我伯母炸了花生米和慈姑供他们下酒。我父亲的杯里,也装了大约一两酒。他们热络地谈起小时候:上山放牛误食毒蘑菇,眼前全是小金人;某次河水暴涨,差点被冲走,幸得其中一人相救;曾经逃学一周,躲进山洞里打扑克……这些无关痛痒的回忆,让他们的谈话顺畅起来。我父亲却在这时端着酒杯,站了起来。

"你们今天来,我太高兴了,"我父亲边说边和他们碰杯,"如果你们不来,我过几天也要去找你们。我有事要请你们帮忙。"

"帮啥忙?"他们齐声问。

"帮我盖一院老房子。"我父亲说完这句,一口干了杯中酒。

可是,那几个和他碰了杯的老人交换了目光,都没有喝酒,纷纷放下了杯子。

我想,他又在说胡话了。好在他这话并没冒犯别人,他的这些老朋友应该会理解的。可我父亲喝了杯中酒后,笑盈盈地看着我们,像是已经做好迎接反对之声的准备。众人的沉默让他紧张不安,他端起空杯子,想了想,放下。最后,他的目光像两道划向暗夜的火星,熄灭后,便也跟着沉默了。

饭菜上桌时,老人们已经吃饱喝足。而我父亲,他坐在我身边,像株失去了阳光的花草,萎靡得就要倒下。月亮升起来了。三个老人醉眼蒙眬,他们要走了,我送他们到门口。他们学着城里人的样子,握住我的手,使劲摇,却找不到更多的话。他们来自同一个方向,他们相互搀扶离去。他们慢吞吞走在月光下,风中传来了断断续续的谈话声。

"一模一样啊。"其中一个老人说,而另外两个老人表示赞同。

一模一样？他说的是这个词吗？细想之下，我又无法确定。

六

我们回到阿尼卡已三天。天气晴朗，但太阳照在身上并不暖和。偶尔有阵风吹过，寒意越发明显。世界突然变小了，只有村庄那么大。人们生活在以家庭为单位的村落里，像一个个散落在山间的黑石头。村道冷清，鸡犬之声不相闻。

在这里，手机信号似乎是有形的。它随风而来，随风而去，白天来，晚上去。所以，那些发出去了没有回音的消息，就当是没有收到吧。但那种被世界抛弃了的落寞，却总是挥之不去。

我父亲天一亮就起床，洗漱完毕就上山。我们不再像之前那样惊慌了。我们中的某个人，远远看着——他在那里就好了。我去陪他，带一件披毡去垫坐，甚至，在那个小山坡上生起一堆火。我坐在他身边，看他将树揽在怀里，一会儿说话，一会儿轻抚。那时，就像我们之间隔着玻璃屏障，可望而不可即。坐久了，我难免产生试探这屏障到底有多坚固的想法。

"爸，你现在心里还是会害怕吗？"我问他。

"你走开！"他突然朝我咆哮，"你这个魔鬼！"

"我是一心啊，爸。"

"你这个苦竹的魔鬼,你应该下地狱。"

苦竹。我脑海里闪过这个名字,想起了那出租车司机的话。但我没想到的是,当时别人那么随意一说,就进入了他的记忆,成为梦魇。我退到了离他几步远的地方。他的情绪渐渐平复,但仍然没停止嘴里的呢喃。

"你今年四十二岁了,"他对那棵大一点的树说,"你有几个孩子?"

树是树的孩子?难怪别人说,疯子和艺术家只有一线之隔。照此说法,我父亲怀里这棵已结松果的树无疑已经成年了。但我看了看四周,可能是因为土壤或者别的原因,它的松子并没有繁衍出更多的后代。而当他和另一棵树说话时,他的语气更加温和。这让我恍然觉得,树真是有性别的。

"我真放心不下你啊,"他说,"你那么瘦小,一把掐住脖子就动弹不了的。"

那确实是棵瘦弱的树,仿佛天生就营养不良。它长得又高又细,连头顶的松毛也呈黄色。我认真观察起这棵树来,发现它竟然真有几分女性的曼妙。我就那么隔着一段距离守着他,听他胡说八道。我的假期还剩下七天。我计划再过三天就离开这里,带他去省里的精神病院。但我将我的计划告诉伯伯被他阻止了。他们认为我父亲只是中了邪,需要一个巫师来诅咒附体的厉鬼。为了说服我,他还举了好几个病例。阿尼卡方圆百里地,法力大小不等的巫师几十上百人。特别是冬天,人和鬼都闲下来了,巫师们忙得脚不沾地。

我陪父亲坐了一个上午。我已经能够准确地从他的眼神里辨别出他是清醒还是糊涂。他糊涂时目光呆滞,声音嘶哑,含混不清。在他定睛处,仿佛有一个我看不见的深潭,让他越陷越深,无力自拔。但我不敢强行把他拉回来,害怕挣断他脑袋里那根绷紧的弦。这个顾虑,让我们得像对待易碎品似的对他,轻拿轻放。

比如那天中午,他吃了饭和药,趁我们不注意,顺着一架小楼梯爬到了伯伯家的猪圈楼上。就在我们四处呼喊着寻找他的时候,他笑盈盈地从楼梯上下来,手里拿着一副长方形的土基模子。他眼里的光芒令我惊讶,那是孩子找寻到心爱的糖果时的样子。

"你跟着他去吧,"我伯伯说,"不管他做啥,你就当他是个三岁小孩,陪他玩。"

可是,我很快发现,我们都想错了。当我们拿着锄头、撮箕、榔头和土基模子来到那块他下跪过的土地时,我突然发现自己其实分不清他的状态。他脱下蓝色中山装,露出里面的白衬衫。他开始挖土、舂土,打开土基模子,取出潮湿的土基,搬到一旁,整齐地码起来。我站在一旁看着他。我想,他根本不需要我帮忙,就像他和那两棵树说话时一样。但即使如此,我还是问了他,我能帮他做啥。

"你挖土,我来舂土基,"他把锄头递给我,"在第一场雪到来之前,我们要把房子盖起来。"

活到三十几岁,我从没干过农活。但刚才看他干活,也并不觉得难。我握了锄头,站在他的位置上,学他的样子干起来。但半个小时后,我的手心已经起泡,感觉再干下去手掌会断裂开。我丢下锄头,坐在地上抽烟,他看着我笑了起来。

"我的手也起泡了,"他说,"但我有办法克服。"

他拒绝了我递过去的香烟,说还要再干一会儿。我问他用什么办法克服手心的疼痛,他说:"分散注意力,想一些别的事情。"

他不再管我,一个人连挖带舂,效率慢了下来。我继续抽烟,看他干活。确实,他在甩开膀子挖土或者用木槌舂土时,让我感觉到他心里有着巨大的恨意。就像是置身千军万马中,他必须奋力厮杀,才有一线生机。仿佛那土地于人并无恩慈,而是一个沉默的敌人。他挖向土地的锄头,每一下都有着洞穿地球的力量。

看热闹的人们站在不远处的地埂上,但没人过来帮忙干活。这其中,也包括我伯伯一家。不过,他们站在那里的目的不是看热闹,而是负责跟人解释:他这里出问题了,莫见怪。这里,指的是脑袋。

"爸,如果你真的想回阿尼卡来住,我们可以盖砖房的。把县城的房子卖了,就可以在这里盖一栋别墅。"

"我不要别墅,我就要土基房。"

不远处的地埂上,看热闹的人们来来去去,我伯伯无数次指着自己的太阳穴,重复着那句话。而我,不光手上的疼痛未消,还感受到了某种羞辱。面对一个疯疯癫癫的父亲,我能怎样?知情者,觉得我是在陪父亲。不知情者,可能会觉得我也疯了。我就这么坐在地里,看他干活到天黑。

随着黑夜一起来的,是巫师。一个脸像黑夜一样的高个子老人。我伯伯一家把他当神仙一样尊重。就连他骑的那匹红马,吃的也是玉米粥。他的目光如隼,让我父亲低下头,不由得战栗。陈阿姨介绍情况,巫师默默听着。他随身背着的羊皮筒包里,露出一段黑黢黢的东西,似蹄似刀。巫师进门,必定有一只羊要归西。当羊头摆上供桌,巫师开始念起咒念经。我父亲依然瑟瑟发抖。那些我们听不懂的经文,像烧过的纸钱纷飞而至,在我们耳旁绕一圈,消失不见。后来,巫师干脆闭了嘴和眼,任凭下巴上的山羊胡子抖个不停。

"奇怪,"他颤声说,"为啥会连个鬼影都没有?"

我们面面相觑。如果真如巫师所言,那我们的又一个希望破灭了。只有带他去省城看病了,我想。这是我能做到的最大努力。

"请你再仔细看看,"我伯伯说,"按理说,缠着他的不止一个鬼,应该是三个,一大两小,两男一女。"

"没有。"巫师回答,"我必须停止我的诅咒,否则咒语就会回落到我身上。"

他站起身来,我伯伯请他到沙发上坐。而我父亲,双手双脚着地,在供桌前跪成一团。死去的羊龇牙咧嘴,但它的命并没有换来人心的安宁。无鬼可咒的巫师也有几分失落,他的手里端着酒杯,每一口酒都喝得意味深长。然后,我听到伯伯这个一生跟庄稼打交道的人,对一生跟鬼神打交道的巫师提了一个问题。

"做鬼的时间久了,会不会隐身?"

巫师摇摇头,目光注视着缩成一团的我父亲,陷入了沉思。好半晌,他终于回过神来,一口喝了杯中酒。

"也许确实有鬼,但不是我能驱的,"他说,"这个鬼,不在阴间,而是在他心里。"

啊!我父亲听闻此言,大叫着从地上弹跳而起。他双手护住脑袋,围着供桌转了起来,嘴里大喊:"把我的命拿走吧。老天爷,求你了。"

巫师见状,也不惊慌,反手从腰间抽出一支墓碑样的令牌,往桌上一拍,我父亲立刻定住了。

"一个心里有鬼的人,死后也一定是鬼,遭人驱逐,被人诅咒。"巫师说。

"有禳解的办法吗?"我伯伯问。

"只能靠他自己了。"巫师说。

他拒收了我们奉上的红包,只带走一只羊腿,和他的红马一起遁入黑夜。如梦初醒。我父亲从地上起身时,汗水湿透了他的衣服。

我们扶他坐在沙发上,他坐了不到一分钟就躺下了。

"再玩两天,我们就回去吧,"我说,"先回热水,然后去省城找最好的医院治疗。"

"我哪里都不去,"我父亲说,"我回到这里,就没想过要离开。"

他硬邦邦地丢出这句话,硌得我胸口疼。而当这疼痛消失,随之涌起的是惊讶。他不会是玩真的吧?如果他留下,我就得奔走于阿尼卡和固纳之间。我想到了一个词,穿梭。如果这样,我就得变成一只梭子。

可我父亲才不管这些呢,他站起身,走进卧室。过了一会儿,卧室里传来歌声。堂屋里的我们相互看,并没人说话。一曲唱罢,他又拉起了二胡。前几天我留意过那把二胡,它挂在墙上,落满了灰尘。

"他是阿尼卡二胡拉得最好的人。"伯伯说。

而我对这个话题毫无兴趣。现在,我身处一团迷雾中。这迷雾让我害怕。见我没接话,伯伯便看了看黢黑的门外。

"睡吧,"他说,"天要阴了。"

我这才发觉,外面起风了。寒风推着门,像一个无家可归的流浪汉。我父亲已经睡着了,嘴角露出一丝笑容。可我难以入眠。寒风在院子里横行,尚未来得及收捡起来的脸盆滚动起来,发出咣咣声。电线呜咽。一只老鼠不时伸出爪子,挠一个老旧的柜子,但这柜子太厚,耗尽了它的耐心。后来,老鼠穿过卧室,从门下面的洞里钻了出去。

有一阵子,我从床上翻身坐起。借助院里忘记关闭的路灯光,观察起我那沉睡的父亲。他依然保持着之前的姿势,侧身,蜷曲,以手为枕,看不清面庞。这是,我的父亲,我告诉自己。有一天,我也会像他一样老去——前面有死亡候着,后面有罪过追着。在那个夜晚,我在回忆中睡了过去。回忆汹涌澎湃,像是在搅动一杯浑浊的水,澄清之时,天亮了。从第一缕光从窗户里挤进来,我做出一个决定:陪着他,任由他。他多可怜。如果我是他,我也希望我的儿子能够这样对我。

七

天阴,但没有落雨。一夜无眠之后,我顶着一个即将爆炸的脑袋,陪父亲上山。早晨的父亲如露水般清醒,似乎他在夜里脱下了无形的铠甲。

"今天天阴了,"他对树说,"你要多穿点衣服。"

作为一个多余人,我听了这话便去周边拾柴,为他们燃起了火。有了火,我们坐在那里就不会显得荒凉了。父亲和我并肩而坐,并不时用温暖的手去焐身边那两棵树。而树呢,似乎也不再迎风战栗了。

"这是哥哥,这是妹妹,"他说,"不对,你应该叫她姐姐。"

"哥!姐!"我对那两棵树喊道,突然热泪盈眶。

"这是你们的弟弟一心。"他说。

"我是一心。"

我像个牙牙学语的孩子,配合着父亲。那个早上虽然没有太阳,但我父亲红光满面。他和那两棵树说话,讲他年轻时如何从阿尼卡小学走出去,回来时已经是小学教师。讲他在学校里拉二胡,窗外的树上落满了鸟儿。

我朝他笑了笑。

"你现在还害怕吗?"我趁机问,"耳边还有锣鼓声吗?"

"一点都不害怕了,"他说,"我连死都不怕了,还怕活着吗?"

"是啊,活着比死更需要勇气。"我说。他愣了一下,想说什么,又忍住了。我们这一对父子,从来没有过精神层面的交谈。我们有的是沉默、冷脸和指责。可我现在想起这些,并没有那么难过了。有时候,我甚至会想,父亲的今天,是不是某种惩罚?而那天,他居然主动和我谈到了未来。

"今后呢,你们就安心生活在固纳吧,节假日就回来看看。"

"你真要在这里盖房子?"

"没有房子,哪有家呢?"

"那我们把县城的房子卖了,来这里盖几间砖房。"

"我要盖成土坯房。"

这一通石头般坚硬的疯话,又让我对他的状态产生了怀疑。不愧是做了一辈子教师啊,我嘲讽地想,他连精神错乱也与众不同。别人向前走,而他向后退。这让我担心,如果病情加重,他会不会退回山林里,过上原始人的生活。我可不想他风餐露宿,发须飘扬,浑身长满绿毛,成为一个野人。

僵持之中,我突然意识到:不能再这样下去了。是的,我们的生活不能再任由一个疯子来决定了。否则,我们都会疯掉。于是,我在他面前站了起来。

"我不管你现在是否清醒,但你请记住我说的话。"

"嗯。"

"要么明天就跟我回省城,要么,就留在这里盖你的土房子。父子一场,我尽力了。"

"嗯。"

我撂下这话,转身下山。但说出这些压抑已久的话,并没有令我感到轻松。当我在路上回想起他那简洁明了、目空一切的回答时,险些崩溃了。而且很快我就发现,事情不光没朝我想要的方向发展,反而更糟了。我父亲把自己变成了一棵树,一副要在山上落地生根的样子。他抱着那两棵树,默默流泪。他的牙齿、脑袋、手、脚、嘴,全都成了武器。他彻底关闭了耳朵,对所有的劝说都无动于衷,可一旦靠近他,他马上吼叫,做出拼命的架势。他不吃,不喝,不说话,目光呆呆地望着远方。我们送去饭菜和水果,到天黑时分也没动过。他磐石般地坐了一天,而且我们毫不怀疑他会一直坐下去。天黑了,我们又在他身边生起火,围着他,但他把我们全部当成了空气。

"怎么办?"我向伯伯求助。

"按他的意思办吧。"他说。

"他现在是病人啊,怎么能都依了他?"

"如果你相信我,那就按他的意思办吧。"

疯了。全世界都疯了。我顿时觉得,做一个疯子真好啊。只是可怜了我们这些没疯的人,失去了跟一个疯子较劲的理由。我的目光从他们的脸上扫过,但没人能够给我答案。我一咬牙,答应了。

"我不管你是否清醒,但我要当着所有亲人的面,把话说清楚,这是你自己的选择,可别怨我。"

然后,仿佛我不是在说话,而是像上帝那般朝泥人的鼻孔里吹气。他突然朝身后倒了下去。我们将他抱在怀里,喊他,他睁开口眼,嘴角咧开,挤出一丝笑容。

下山时,我感到前所未有的轻松。妥协,既是放过自己,也是饶了别人。接下来,我就听父亲的了。抹去这些年的时光,就像我从未长大。虽然他疯了,可并未改变父亲的角色。

他饿了一天,回到伯伯家里,却顾不上吃饭,立马在灯下手舞足蹈地向我们摊开了他的构想。这不是心血来潮,而是酝酿已久。

"我要盖一院土坯房。"他正式向我们宣布,并且从中山装的上衣兜里掏出钱包,拍在了桌子上。

"先吃饭吧,饿了一天了。"陈阿姨说。

在饭桌上,我们这些亲人真的开始讨论起了如何在乡间盖一院土坯房的事。首先需要土地管理部门的批准。我父亲的户口早已迁出了阿尼卡。所以,我们必须找到土地管理员,塞给他一个信封,请他对一个年老的精神错乱者回乡盖房睁一只眼闭一只眼。另外,我们还需要若干老年人,因为只有他们知道,那种已经在乡间消失了的土坯房长啥样。当然了,我们还需要一个总指挥——我伯伯是公认的人选。

第二天一早,我的总指挥伯伯开始用一支铅笔在作业本上画图纸。他不是在设计,而是在回忆。我父亲像个甲方,不时提出修改意见。这里是厕所,这里是猪圈,这里堆杂物,这里是磨坊,里面安一个石碓,重阳节打糍粑。他俩甚至哼起了一句童谣:九月重阳不打粑,老虎咬他妈。

我父亲一生省吃俭用,除了供我和巧慧上学,存折上还有三十万块钱。这笔钱中的绝大多数,是他退休后提取的住房公积金。他的存折密码是洼乌镇的邮编。

我堂哥杀了一头猪,我记账,3000元。小卖部老板送来香烟、啤酒和白酒,我支付了现金2500元。我伯伯骑了一辆破旧的摩托车出去,在阿尼卡和附近村寨转了一圈,下午的时候,已经有愿意干活的人登门了。这些老人,平均年龄六十岁,他们这一生,都为自己盖过一院土基房。他们挤在伯伯家里,谈起修房子这事,就像谈起了初恋般红光满面。他们吵吵嚷嚷,叽叽喳喳,活活把一个原本清静的家变成了养老院。但即使是这一天,我父亲仍然没有停歇。他一个人去挖土,舂土基,连饭和药也是由陈阿姨送到地里去吃。

"我能多打一个土基也好。"他说。

"你的任务是保重身体,"陈阿姨说,"修房子的事留给他们吧。"

"我的房子,我当然要亲自修。"他说。

迫不及待的还有那些老人。第二天一早,他们便来到了工地上,挖土、打坯、搬运、拉线、打地基,热火朝天地干了起来。见此情景,我真的觉得在这片土地上出现一院土基房指日可待了。别人都在忙着,我却无所事事。我给朱丽发信息,问孩子的情况。她回复:还好。我说:咱俩的事,容我再想想。她回复:神经。我说:我们要在阿尼卡盖一院土坯房。她回复:疯了。当我告诉巧慧这事时,她报以玩笑的口吻:你们乔迁新居的时候,我再回来吧。

疯了,或者玩笑。我懒得反驳,因为他们没有亲自经历。如果他们在现场,或许就不会这样认为了。我第一次近距离地看人以这样的方式修建房屋,有一种回到远古的感觉。没有机器的轰鸣,只有工匠们的玩笑。有时候,他们甚至唱起山歌,内容是男女感情,但没有女人来应和。

"辛老师,"有人喊他,"你还记得当年吗?盖房子,扛木材,你只能扛小的那头,大的那头给女人扛。"

"干你的活吧,别胡说八道。"有人制止道,他看了看站在一旁的我。而我父亲,他似乎没有听见这话,他的目光惊慌如鼠,却找不到逃遁之地。没人再继续这个话题了。

老人们轰隆隆开动着回忆的机器,而我成了一颗卡壳的螺丝。每一次卡住,都像一场机械事故,四周突然安静,只有目光在交织。我很想告诉他们,把我当成一团空气吧,你们该怎么说就怎么说,我不会在意。可是我又害怕话一出口,反而引起众人不适。

天黑时分,收工回家。老人们酒足饭饱后,三三两两结队离去。他们一走,我父亲便像是被人抽走了筋骨,躺在沙发上。他像一片冬天的树叶,蜷缩着,散发着腐朽之气,轻轻一碰就会破碎。他闭着眼睛,只有嘴唇在无声翕动,以此证明自己还活着。我们虽然已经习惯了他的状态,但还是小心翼翼。我们盯着那两片嘴唇,听他说胡话。

"我不害怕下地狱。如果在地狱遇到苦竹那个魔鬼,我要杀了他。"他说。

我和伯伯对望了一眼,都没说话。我不明白为什么苦竹这个地方在父亲心里会如刺如刀。我也不打算问,问了也没人会说。他又叽叽咕咕兀自说着,有时声音太小我们听不见,有时说的是一些汉语之外的话。然后,他突然挣扎着坐了起来。

"我错了,"他开始抽泣,"我真的不知道会发生那样的事啊。"

"人活一辈子,谁不犯点错呢?"我顺着他的话安慰他,坐到他身边,搂住他的肩,"都过去了,放过你自己吧。"

而我的安慰似乎触怒了他。他从我怀里挣扎而起,恶狠狠地瞪着我,牙齿咬得咯咯响。但我并不惧怕,继续搂着他。他目前还没有到会伤害自己身体的地步,也不会对别人发起攻击。他所有的伤害都是朝着自己的内心,油煎火烤。即使他沉默,我依然能够感觉到他的心灵在剧烈挣扎,只是被他遏制住了。

"爸爸,"那晚睡觉前我说,"如果你真有什么事要说,那你就告诉我,任何事,我都可以承担。"

"你需要承担的,是你所有的选择带来的后果,而不是我的。"他说。

他是对的。我的生活一地鸡毛,未来未知;我的工作一潭死水,一眼到头。我平凡如蚁,甚至想不起生命中开心的事情,倒是那些不如意之事,乌云一般向我压来。我闷闷不乐地躺上床,伯伯和父亲的鼾声像两支喇叭在吹。黑夜如潮,密不透风,我只能张开嘴巴呼吸。自从回到阿尼卡,每个夜晚我都有跌入深渊的感觉。我计算着自己的假期,没有几天了。可是我不知道假期结束后,该拿我父亲怎么办。毫无疑问,我的生活会因他而改变。我会奔走于固纳和热水或者阿尼卡之间,我会在单位里更加谨小慎微,如果不这样,领导不会给我假期。我会跟朱丽道歉,请她原谅我一时鬼迷心窍,提出离婚。生活薄如蛋壳,轻轻一碰就破。

突然,我父亲一声长啸,从床上坐了起来。我伯伯随即拉亮了电灯。

"我梦见了一九八八年的六月十九。"他大汗淋漓地说。

"睡觉吧,"我伯伯说,"明天还要打土坯,大家都在给你盖房子呢。"

"是哦,我又要盖房子了,真好。"我父亲说着,乖乖躺下了。

八

去陪两棵树说话,依然是我父亲每天早上必须要做的事。而我所能做的,就是尽量把这几个小时安排得舒适一点。我们在已经熄灭的炭堆上生起火,把洋芋丢进火里,当成早餐。如此一来,我们似乎只是把聊天的地点从家里的火塘边搬到了山上,只是我们的面前由两个人变成了两棵树。

"你们俩在一起,不准吵架,"他对大树说,"如果我知道了,不会饶你。"

"至于你,"他对小树说,"你的嘴巴不饶人,心地倒是很善良。"

被他这么一说,我想起小时候和巧慧吵架的情景。巧慧就是他说的那种人,站在河边说话能把鱼毒死。我们在争吵中长大,直到我大学毕业离开。我已经一天没有给她打电话了,她并不关心我们在阿尼卡的情况。我们坐在小山坡上,烤火,吃洋芋,听我父亲跟两棵树说话。不远处的地里,工匠们正在忙着干活。今天,他们有的在打坯,有的分散四处找石头来建基脚。

"等土基干透,就开始砌墙,"我父亲说,"过年时,我们就可以住到里面去了。"

"那是谁?"

不远处的地埂上,有人正朝工地走去,不是一个,是……十一个。他们有的肩扛农具,有的空着手。

"他们是来帮忙的,"我父亲脸上露出了笑容,"这是阿尼卡的传统,谁家建房,都会去帮忙。"

"他们没把你当外人。"我说。

我们朝工地上跑去。太阳照着我跌跌撞撞的父亲。阿尼卡的深秋,白霜沾满枯草,凉风如丝。我们呼出的气息,凝结成白雾,这让我想到喷气式飞机。仿佛是为了迎接我们父子,干活的人全都直起身子,停了活,笑着看我们。

"辛老师,你还记得我不?"一个中年人问。

我父亲微笑着,想了一会儿,但还是遗憾地摇头。

"我是你的学生乔四海啊。"那人说。

"噢,原来是乔老爷啊。"我父亲说,"那时候你从来不做作业,干活倒是一把好手,所以我让你做了劳动委员。"

"所以,我们今天是在劳动委员的带领下,来帮你干活。"另一个人的话,惹笑了大家。

我赶紧从兜里掏了香烟朝他们散去,他们每个人都伸出一双又黑又硬的手来接。我没有不敬之意——在这里,只有这样的手才能对付石头、锄头和土坯。在这里,细皮嫩肉是个笑话。就像我父亲一样,因为天生身子骨弱,所以只能努力念书。他从初小念到师范毕业,从村里念到了县里。这是我从小就知道的事。那天在工地上,他们难免又说起过去。说着说着又戛然而止。他们的目光投向我,我赶紧逃开了。

我给朱丽打电话,她没有接听。或许她手机静音?可比朱丽不接电话更重要的是,我的假期已经没几天了。我以如丧考妣的语气给单位领导打电话,又争取到了一周的事假。虽然工资按规定扣,但这在我看来,几乎是个喜讯。终于不用每天数假期了,我如释重负。一回头,发现工地也成了欢乐的海洋。

人们已经很久没有集中劳动了。挖土、打坯、搬运、翻晒、搬石头、砌基脚……他们干起活来,相互参照、攀比、监督。人声鼎沸,七嘴八舌,仿佛他们只是以劳动之名而聚在一起玩耍。当然,更多的是回忆。虽然我在现场,虽然他们一次次戛然而止,可又一次次重启话题。有人从兜里掏出铁哨子,迎风吹响。有人遗憾地表示,要是再插面红旗就好了。然后,有人马上脱下身上的红褂子,让它迎面飘起来。挖土的在喊,哎——春土基的,搞快点,又不是生孩子,那么慢。春土基的毫不示弱,嚷啥呀,那么快,你老婆答应吗?工地上又笑成一片。我父亲见人人都在抢着干活,便长舒了一口气。

"原来在他们心里,我还是老师。"他悄然对我说。

"当然,你是他们中很多人的老师啊。"我说。

他笑了笑,目光越过热火朝天的劳动场面,定在了不远处的三棵核桃树上。脸盆那么粗的核桃树,落光了叶子,枝丫张牙舞爪地伸向天空。

"那是我亲手种下的树。"他说。

"嗯。"

"那时我痛恨土地,我做梦都想离开。"

"嗯。"

"后来我痛恨自己的离开,又做梦都想回来。"

"现在,你终于回来了,"我说,"他们正在帮你建房子呢。"

"他们是在同情我吧。"

"同情?"

他的目光移开,又陷入了沉默。

而此时,我的耳畔突然响起一阵哨音,惊讶之下一回头,见工地上的人都停了工。陈阿姨和富乐送茶水来了,正在给他们发纸杯。香烟盒在他们手上传递,四下响起打火机的声音。天空像块蓝玻璃罩住阿尼卡,风已吹散白云。群山静默。这是我父亲的阿尼卡,或者说是他们的阿尼卡。跟我无关。

我给朱丽发信息,告诉她我又请了一周假。她没有回。没回也好,我想,有些事情还是当面解决更好。

喝了水,抽了烟,人们站起身来。有人提议唱一首歌。唱啥?争执不下。要不请辛老师给我们拉个二胡?一致同意。在我父亲犹豫之间,已经有人取来了二胡。人们继续干活,竖起了耳朵。

"拉吧,"我鼓励他,"难得这么高兴,给大家拉几首。"

"我在找地方。"他说。

"那里,"我说,"坐那个石头上。"

他没有理我,朝被石头基脚围着的那片空地走去,坐在了东北角。没有人出声,他们都在等着。一曲《渴望》悠然而起,有人跟着哼了起来,最后变成了大合唱。下一曲是《赛马》。结束时人们放下手上的活使劲鼓掌。可我父亲一脸落寞地收起了二胡。

"我当年就是坐在这个位置拉的。"他说。

当年。当年是什么样？

作为地图上一个针尖般大小的小黑点，阿尼卡当年肯定不是这样。所谓的变化，不过是时间洗出来的棱角。有人生，有人死，有人长大，有人老去。有飞鸟灭绝，有野兽逃亡，有石头不翼而飞。地里不再种庄稼，道路长满了野草。太阳照常升起，人们照常活着。汗流浃背地活，战战兢兢地活，眼含热泪地活，心怀愧疚地活。蜜蜂一样活，蚂蚁一样活，花草树木一样活。

再比如。

不久的将来，这里真的会诞生起一院土基房。可除了我父亲，别人真的在意吗？

一个个土基谈笑声中生成。一个个石头找到了合适的角度和位置，恰如其分地变成了地基的一部分。他们说，等土基干透，就能动手砌房子。最忙的，当数我伯伯这个总指挥了。他的双手在干活，脑袋里在计算着工程进度。

土基的数量已经够了，但还没有干透。这期间，我伯伯并没有让人闲着。他让他们进山砍树。他们在一个早上出发，每人的肩上都扛着明晃晃的斧头。他们进山，到了伯伯家的林区，斧头声、树木倒地声响成一片。修枝、剐皮，山林里顿时一片白生生的木材。它们是未来的房梁、楼枕和檩子,可眼下,它们还得放在山林里晾晒着。

歇业已久的瓦窑重新冒起了烟,瓦匠对火候的掌握只能靠回忆。木匠已经离开乡村,在城里能挣更多的钱。但他是我父亲的学生,幼时家穷,我父亲送过他一条红领巾。木匠开着一辆皮卡车回来,卸下车斗里的工具,说需要他的时候再打电话。

"我现在就需要你。"我父亲说,"你开始做家具吧,要那种老式的,你小时候家里用的那种。"

于是,工地旁边,又新增了木匠的作坊。对一个乡村木匠来说,时代带给他的进步体现在了工具上。他带着两个助手,嘴上叼着香烟,看上去底气十足。但即使这样,要完成我父亲的要求,也需要花很长时间。

难道接下来的这个冬天,我都要耗在这里吗?这段时间,我已经深刻体会了什么是白天什么是夜晚。白天,我们置身于欢乐的劳动场面,畅想着一院土基房的诞生。而夜晚呢,待干活的人一离开,我父亲整个人便散了架,躺在伯伯家沙发上,目光呆滞,嘴里喃喃:他们真的接受我了?当然啊,当然,你是他们的老师呢。他们真的不是同情我?该同情的是他们吧。一遍遍质疑和安慰之后,他的嘴角掠过一丝笑,挣扎着翻身坐起,看着我。

"答应我,好好经营自己的婚姻,"他说,"你和朱丽之间的矛盾,已经不是一两天了。"

我无话可说。确实,我对朱丽的厌倦已久。可能是某次我们回家时,无意间流露出来的。如果没有这次回乡,我和朱丽已经离婚。现在,我一方面觉得应该慎重考虑,一方面又恐惧未来。如果不能对生活装聋作哑,那就要勇敢面对破碎,因为我们很可能陷入一个新的轮回。

"在开始砌墙前,我要做一件事。"某个夜晚我父亲突然冒出这句话,且丝毫没有跟人商量的意思。

"我想把大风洞给封起来,"他说,"那个洞口一直在我心里,三十年没有合上。"

我伯伯脸上的肌肉抽搐了一下,目光移向了门外。门外,是黑洞洞的天。风一直在吹,伯伯家的黑狗发出呲呲声。风中送来我伯伯的回答,"如果要把洞口封起来,还是请个人来念念经吧。"

"我也正是这么想的,"我父亲说,"只是不知道哪天比较合适?"

"为什么要封大风洞?为啥要请人来念经?"我突然一连问出两个问题,可它们全像投向水里的泡沫,荡漾不起一丝涟漪。

我伯伯起身去屋外打电话。风依然在吹,一次次让我们误以为是伯伯回来了。在此期间,屋里没人说话,只有抗战剧里枪声大作。半个小时后,我伯伯回来,告诉我们,"先生"已经请好,封洞的日子定在三天之后。

九

这期间，一直没有停下的是木工。他们做出的桌子、凳子、床和写字桌，摆在地上，正等着上漆。那些家具，笨重，厚实，足以熬死几代人。

越来越多的人聚到了伯伯家，他们已经等不及土基完全干透了。先砌那些最早成型的土基吧，他们说，放心，不会垮的。也不等总指挥点头，他们便在工地上干开了。我跟着他们到工地，数了数，共有 40 个男人在干活，还有 3 个女人在厨房里帮忙做饭。4 个手法娴熟的工匠站在东西南北方，有人源源不断地为他们提供泥浆和土坯。人多了，场地不够用了。我父亲被要求停了手里的活，转而负责为大家拉二胡助兴。我录了众人在琴声中干活的小视频发给巧慧，她打了电话过来。

"他的情况怎样？"

"白天和晚上，判若两人。"我如实回答。

"我在犹豫，过年要不要回来一趟。"

"必须回来。"我第一次像个兄长对她说话。

"我想想吧。"她依然在犹豫。到现在为止，她没有和我父亲通过一次电话。

"必须回来!"我加重了语气。

"我不想面对他那张从来不会笑的脸。"她说完话,挂了电话。

我无法责备巧慧的态度。有些过去,并非真的能过去。可是,如果不让它过去,难道要一直让它如鲠在喉?总要咽下或者吐出来吧,不然这一辈子怎么过?

那晚吃饭的时候,有人忍不住问起了封洞一事,在得到确定的答复后,每个人都在竭力掩饰内心的惊讶。大概又是因为我在现场吧,我想。但我已经无所谓听到什么,也无所谓听不到什么。一群人要用水泥和石头封住一个洞口,如此而已。在人类历史上,比这荒唐的事比比皆是,更何况,这是一个疯子的想法。

"先生"四人,骑摩托车而来。他们来的那天早上,工地停了工。但人们还是从四面八方赶来,聚在了伯伯家。一头羊拴在柱子上,不时发出哀鸣,它似乎已经意识到,自己半个时辰之内就会命归西天。

我们去大风洞。二十来辆摩托车飞驰在乡间路上,引擎声混合在一起,让人横生勇气。我父亲依然坐富乐的摩托车,但不再需要绳子拴住他们的腰。搭载我的男子大约五十岁,我和他并不熟悉。他宿醉未醒,喷着酒气,双眼迷离。他的摩托车似乎也喝醉了,让原本就狭窄的道路变得像一根钢丝般令人心惊胆战。

"别怕,"他说,"车轮就像我的双脚一样听话。"

"我相信你的,"我说,"你一看就是老手。"

这话让骑车人有些高兴,我又趁机给他递了香烟。他一手扶车把,一手点烟,吓着我赶紧闭上眼睛念阿弥陀佛。

"真不是和你吹牛,在整个阿尼卡,若论车技,没人比得上我。"他说着,猛拧了一把油门,那摩托车像头发疯的公羊冲了出去。

"封洞口,为啥要念经?"我问他。

"给死人开路嘛,"他说,"你坐稳了,前面这段路坑太大了。"

前方路段确实多坑。不仅如此,还有石头突兀地立在路中央。但对于骑车人来说,这些石头正好是他炫耀车技的道具。

"给谁开路呢?"我问。

"给死人开路呗。"他说着,车身忽左忽右,险些将我甩下来。

"怎么死的?"

"自杀,"他顺嘴吐掉了嘴上香烟过滤嘴,"畏罪自杀嘛,狗日的。"

我闭了嘴。风像一面坚硬的玻璃紧贴着脸。冬天的阳光洒向大地,只有光,没有热。开路。我揣摩着这个词的意思,大概是给死者指一条路吧。不能让他缺席于天堂或地狱,不能让他在人间游荡。天堂,人间,地狱,是三个不同维度?大概,只有人死后是需要指引的,一只兔子,一只麻雀,一棵椴木,无论生死,都不会祸害人间。胡思乱想间,人们已经抵达了大风洞前的山口。路继续通向山外,洼鸟,热水,固纳,但我们在此停住。平坦之处,草枯了,但仍能看出它们在夏天时的茂盛。至于荆棘、藤条、树木,它们挤挤挨挨,漫山遍野。一棵树能熬死几代人,一只飞鸟无疾而终,一个石头见证过神话里世界的样子。而现在,人和山林的关系,正在渐渐疏远。而现在,对未来而言也是某个故事的开篇。

"树都长这么高了,遮住了半个洞口。"有人发出感叹。

"三十年了啊。"

说话人坐在枯草地上,手里端着酒碗,抿一口酒,象征性地擦一下碗沿,递给下一个人。我们的目光一次次穿过树丫之间,望向大风洞。而大风洞这只巨大的独眼,也在望着我们。它是否知道自己某天会被封起来?我们开山辟路,围海造田,凿壁架桥,我们从来没有考虑过山石田土的感受。

"进洞吧!"

掌坛的"先生"身披僧袍,头戴法帽,手里拿着法杖。其他三人,手上执的是经书、镲和法螺。但前来帮忙的人们继续喝酒、抽烟、聊天,并没有跟着前去的意思。但我看得出来,他们脸上的表情并不自在,目光相互交流,却没人说出内心的恐惧。

"我带路吧。"富乐的手上多了一把柴刀,紧随其后的是我伯伯,然后是我父亲和我。那些前来帮忙的人,并未跟来,而是满山寻找石头去了。

披荆斩棘。这里确实许久无人踏足了。几百米的距离,富乐足足在前面劈了三十分钟,那些荆棘和树枝间才勉强可供人侧身而过。越近洞口,风越大。富乐在洞口站住,让"先生"先进了洞。手电筒光射过去,就像射向了茫茫天际。原来这洞,是一个地下溶洞的入口。手电筒光收回来,照见了洞顶的蝙蝠。它们在睡觉,一动不动。洞口宽敞,足有五十平方米,越往里走,越窄,仅能容一人经过。有溪流声,但手电筒光未照见水。洞内温暖如春,空气中弥漫着腐质味。

"先生"在地上点燃白烛,烧了纸钱。法螺声起,悠远的召唤。镲声铿锵,洞顶的蝙蝠动了动,但并没飞走。"先生"们围着白烛转起来,不时烧纸,念念有词。

法事结束。洞外的人已经准备好了石头和灰浆。人们用石头和灰浆砌封住了洞口,"先生"还在洞口贴了符。"这下好了。"有人说。怎么个好法?但没人这样问。所有人都松了一口气。脱下袈裟的"先生"露出里面的西装和毛衣,点燃香烟,和大家聊着庄稼和雨水。他们回到人间,变成了农民。

不知道是谁说了句,回吧,家里的羊肉炖烂了。于是,摩托车轰鸣起来,山间回声隆隆。我仍然坐了那个醉鬼的车。他在山上干活时又喝了酒,汗味和酒味都更浓烈了。

"这下好了。"他在跨上后座时说。

"怎么个好法？"我问。

"给苦竹来的恶魔开路，让他的灵魂得到了安息。"

安息？我内心的疑问未消，马上又转化成了另一个问题：安息的又岂止恶魔的灵魂？可我知道只有时间能给我答案。

这是中午的阿尼卡。无数日子中的一天。每一天都是特别的，但不是对所有人。这一天对我父亲来说，是重生。而这样的重生，并不是向着未来，而是回到了过去。过去的死去的时间，但我父亲的过去，三十年后重新活了过来。他像一个被时间之流抛弃在岸上的人，显然有些手足无措。他跨上摩托车后座的身影比此前更加轻盈，他说话的声音比此前更加洪亮，就连他的头发，一根根连成片，匍匐在头皮上，看起来比过去规整多了。这个一生背负重担的人，突然卸下了负担，他自己都不习惯了。

"这样就好了，"他对我说，"我不害怕了。人非圣贤，你说对吗？"

"一切都过去了，爸。"我说。

那天，似乎所有人都感觉到某件事情过去了。他们的笑声爽朗，脚步强劲，目光坚定，举手投足之间，不再小心翼翼。他们聊起过去，不用再担心我在一旁。就像往事的丛林里卧着一头老虎，所有人都在绕道，可某天，这老虎消失了，于是就都长舒了一口气。

羊肉的香味弥漫开来，四处响起开瓶声。啤酒是阿尼卡最大的消耗品，但我很少见他们喝醉过。没有人会在举起一杯啤酒的时候犹豫，但白酒就不一样了。我父亲那天却选择了白酒。他端着酒杯穿梭于桌间，跟这个人开玩笑，跟那个人聊家常，思路清晰，口齿伶俐。我们从中午开始吃喝，喝空的啤酒瓶被收走，堆满了院子的角落。可是，我依然没见有人醉倒，或者说了醉话。

他们说起阿尼卡的过去，并且争论这里一百年是否有人居住。我伯伯认为没有。我父亲认为有，他的理由是，山林里有乱坟岗。"谁会无端埋在远离故乡的地方呢？"他说。他们说起过去的饥饿、仇恨、愧疚、恐惧、绝望……说起祖籍，云南或者更远的他们根本没有去过的地方。说着说着太阳就偏西了，说着说着天就黑了。天黑了，那些前来帮忙的人就要离开。他们这才突然记起，啊，已经吃喝了一天，一只羊只剩下骨头和汤了。

那天，我父亲不停地说话、走动，像一条汹涌的江河，奔流不息。天黑了，他依然没有倦意。前来帮忙的人要走，他一个个跟人握手，意犹未尽地说话。而我呢，其实早已累得想趴下。啤酒喝多了，头昏脑涨，手脚冰凉。可父亲在送走最后一个客人后，一转身把我叫住了。

"这里没有旁人，我想和你聊聊。"他说。

那时，我们站在伯伯家院门外，身边确实没有别人。四周安静，只有夜风吹拂。这季节，庄稼收完了，风从村庄刮过，显得空空荡荡。屋檐遮住了半边天,遥远的青山外,那里的夜空,比我们头顶的要亮。

"对不起。"他说。

我不知该如何接他的话。

"给你们添麻烦了,"他又说,"我不是一个好父亲,我从来都知道。你和巧慧要恨,那就恨吧,我不会怪你们。"

"你现在感觉怎样?"

"我完全好了,"他说,"感觉整个身子轻了,浑身有劲。"

"那就好,"我说,"房子呢,还想继续修吗?"

"当然,你不知道在过去的三十年,我有多少次梦见修房子。"

我明显感觉体内有重物坠地,那是心落下的声音吧。现在,我比任何时候都确定,我父亲要在阿尼卡打发余生了。一个人老了还有故乡回,还有退休金可领,这大抵也不算差。如此看来,我需要担心的是,反而是我自己了。我的妻子、孩子以及令人头疼又毫无希望的工作,全等着我。

"我也想跟你商量一件事,"我说,"明天我想回城了,朱丽一个人带着孩子,很累。"

"去忙你的,不用担心我了。"我父亲说,"好好经营你的家庭,问心无愧地生活。"

"我过段时间再来,"我说,"带着朱丽和孩子来看你。"

"还有巧慧。"他说。

两个月后,巧慧和我们一家三口回了阿尼卡。轻车熟路,只是天气更冷了。阿尼卡已经下了第一场雪,这是我父亲在电话里告诉我的。固纳的天气也不好,阴沉、干冷,时间显得特别漫长。可是能怎么办呢?天气也是生活的一种,无论冷热,总要去面对。别说天气,即使无处不在、无坚不摧的时间,我们也要以肉身去抵挡。我不知道,这是勇敢还是怯懦。

阿尼卡多了一院土坯房。它静静地立在几棵核桃树和竹林之间。从旧时代长出来的新东西。工匠们已经撤走。收尾工作由我伯伯和父亲来完成。我在院里看见两棵树。我认出了它们,那两棵有性别的树。

"怎么把树给搬来了?"我问富乐。

"这是二叔的意思,"富乐说,"搬它们真是费了天大的力。"

"用吊车?"

"用人抬。"

"这样移栽能活?"

"能活,"富乐说,"'先生'来安过魂的。"

"第一次见有人把松树当风景树。"我说。

"这你就别管啦,"富乐说,"只要遂了他的心愿就好。"

遂了心愿的父亲肉身轻盈,体内有一个螺旋桨。转动着,随时都要飞走——腾空而起,越过群山。而他近期的期盼,是搬进新房。

"挺好的,"他说,"农村的水、空气、土地,都比城里好。"

"嗯。"我说,"只要你开心,我们没意见。"

"我开心,"他说,"从未有过的开心。"

"那你们就安心在这里养老吧,"我说,"我们会经常回来的。"

"那倒不用,"他说,"我有那两棵树陪着我。"

他高兴得都忽略了我的感受。不过,我并不会和那两棵树争宠。更何况,我从来不知道父爱是啥。现在,它们就站在他窗外的院子里。这是一个完全陌生的家。所有的东西都是早已从生活中淘汰了的旧东西,让人恍然觉得回到了20世纪。除此之外,我父亲还买了一头牛、两头猪以及十只鸡。

阿尼卡人像是一直在村口排队似的,在乔迁之日的前一天准时出现。我们需要人来帮忙办一场旧式酒席:八大碗。每桌八个人,桌上八道菜。年老的厨子患了青光眼,被人牵进厨房,凭着气味指挥年轻人做菜。年老的唢呐匠手指早已不听使唤,吹出的曲子惹人笑。年老的管事声音沙哑,手执喇叭喊叫的样子像个小贩。

哪来的这么多人?黑压压,人头攒动。细听:唢呐声、鞭炮声、玩笑声、孩子哭声。而当所有的声音混在一起,人声彼此掩盖,嗡嗡嗡,如坠蜂巢。

201

我父亲一直在笑。就像他这些年一直未笑。就像他的脸是石头做的，被刻上了某种表情。

我的孩子欢天喜地，手里抓住一只小鸡，说要带回固纳去当宠物养。

我的妻子朱丽，她缎子样的目光，看向我时，温柔如水。

我的妹妹像个局外人，不时去僻静处抽烟，以此掩饰对眼前这一切的不解。

没有比这更好的时光了。阿尼卡人送来的礼物，不是钱，不是米，而是旧物。有多旧？旧到很多东西我根本就没有见过。石磨、收音机、雕鞍、马辔头、风箱、八仙桌、鸡笼、铜镜、黑白电视、搪瓷口缸、煤油灯、木桶……它们被放在角落，被挂在墙上，被放在桌上。各就各位。它们被遗忘太久了。它们等待着被新主人再次派上用场。它们的新主人太忙了。

流水席从下午开始。每轮十桌，总共十轮。八百人。八百张嘴打开，咀嚼，一头猪下了肚。一天的时间过去了。有人喝醉了高声说话。有人喝醉了沉默。有人没喝酒，始终保持谦卑的礼貌。有人不喝酒也胡言乱语。

我父亲站在门口送客。他的手已经被握了几百次。四处响起摩托车的引擎声。客人陆续离去。我远远看着这相聚和离别。

最后，新屋里只剩下我们一家人。父亲、陈阿姨、我、朱丽、孩子、巧慧。火塘里的火燃得很旺。铁三角上黑铁壶里烧着开水。接下来,我们将依次洗脚,各自睡去。但我父亲打破了沉默。

"今晚你们都在,我想告诉你们三十年前,就在这里,发生了什么。"他说出这句话,并不费劲。

我们相互看着,盼着谁去接父亲的话,但最后他们一同看向了我。

"聊点别的吧,"我笑了笑,"或者拉段二胡来听听也行。"

我父亲起身去取二胡时,黑铁壶里的水沸腾起来。

现在,是某个故事的开篇

王朝军

我知道包倬的意思,他是想借"阿尼卡"发出的信号联络诸般事物,譬如说与不说,譬如逃离与回归,譬如死与生,于是就有了《沉默》,有了《双蛇记》和《猛犸》。总之,包倬在考虑大问题。大到什么程度呢?大到我们不得不凝神静气铺开一张世界地图,然后去寻找那个叫"阿尼卡"的地方。可想而知,没有谁能找到阿尼卡,这个号称有亿万之众的星球,正转动着它庞大的身躯施行技术理性的傲慢,怎么会在意一个针尖大的小点呢?——但这个世界也因此付出了代价,它急剧收缩,直至被吸纳进某个看不见的"中心"。

嗯,这个世界消失了,或者说它业已被另一个世界取代、替换。我想说的就是这个。

眼下,包俚将此中心命名为阿尼卡。很快我们就会看到,他将沿着这个中心点重新展开世界。而当虚构的阿尼卡牢牢占据着新世界的中心位置时,我们毫不怀疑:阿尼卡之大,大在它不仅收容了"这个世界",还从"这个世界"窃取了一张进入新世界的通行证——那便是屡遭遗忘和废弃的人心。

你不能埋怨包俚,他只是行使了一个小说家应有的职能:搜集人心,赋予其形体,并让他们行动起来。何况人心本就是浑浊之物,谁也无法将它洗净、晾干,辨认出绝对清晰的纹理。这个不争的事实恰好为崇尚秩序的公共生活提供了选择性失忆的道德依据,既然人心如此复杂难测,倒不如将它永久搁置来得简单易行。所以数字简单,符码简单,甚至 AI 也是简单的——无非是在数字和符码之上的技术生成。大数据可以储存并编纂人类历史的所有记忆,却唯独记不住记忆和记忆之间的精神沟壑。这是数字时代的歇斯底里症——很遗憾,在此,人心失声了。

但幸而,还有包俚,还有阿尼卡,声音从哪里结束,哪里就是他和它发声的起点。

《沉默》里的哥哥阿隆索便向我们展示了在声音尽头处,"无声"或"沉默"是如何筑造生命奇迹的。阿隆索的失声其来自,祖先三代人都跌落在"说"的悬崖下:家族创始人因"说了"(说真话)而暴尸荒野;他的独子则死于"被说"(告密);爷爷坚持选择"不说"(保护他人),同样惨遭横祸,若不是他逃脱得及时,恐怕又会在家族史上添一笔血淋淋的悲剧。阿隆索记下了每一笔悲剧,也记住了这些悲剧供认的唯一元凶——说。

在此,"说不说"俨然成为一个性命攸关的疑难。说不说不重要,重要的是什么时候该说,什么时候不该说。对"说"的正确性的判定可以源自立场、定见、形势、权威、利害……却独独落下了人心。哥哥阿隆索正是洞见了这一点,他才没有在说与不说之间游移,而是如我们所见,直接取消了疑难本身:主动且永久噤声。换言之,他在心理上自愿割掉了那只可疑的舌头。从此以后,他将用心灵的舌头发声,是为"心声"。

阿隆索真的做到了。白天,他在人们的注视下穿梭于篾匠、木匠和石匠的角色之间;夜晚,他就独自外出,与鸟兽为伍。白天的阿隆索是个哑巴,沉默在他身上一贯到底;夜晚的阿隆索却能与百鸟争鸣,用声音召唤群兽。无声的白日和有声的夜晚——阿隆索的世界颠倒了"黑白",也颠倒了"声音"。但我们知道,他的世界其实并不沉默,沉默只是一种众目睽睽之下的假象,话语在他一力创造的竹、木、石、泥的生命介质中重新收获了价值沃野。直到守护那片无声地带(阿尼卡磨房,它的前身是牛圈,也是关押爷爷的牢房)的赤脚哑巴萧大脚死去,阿隆索心目中的圣所才轰然倒塌。他将带着哑女萧声声,带着祖先"说"的训诫,再次踏上爷爷当年的逃亡之路。而这次,在"沉默"的夜幕下跳动的不止是他一个人的声音,还有他的伴侣,那个名字里让"声"成双入对的女孩。"声声"入耳,而又"声声"(生生)不息。

我常常觉得包倬像一个精神分析师,他总是想写啊写啊,写出阿尼卡,写出藏匿在阿尼卡体内人心的谱牒,包括那些失落在历史记忆深处的潜意识碎片。他要将这些碎片复原、归拢,加入到关于阿尼卡的叙事之中。他拒绝阐释,或者说他要的只是一种结果,他确信,只有站在这结果之上,才能展开人,通畅人,把潜意识中的声影返还给人。

对于小说家,这项工作艰巨而凶险,一不小心就可能落入先验的洪流,但小说家中的包倬还是不死心,紧随《沉默》之后,他马不停蹄地发动了伸向阿尼卡心脏的远征。

远征在两条战线上展开,一是活体的阿尼卡(《双蛇记》),一是阿尼卡的"骸骨"(《猛犸》)。活体的阿尼卡遍布记忆的创口,父亲的赎罪之旅蹊跷、诡异,疑点重重,比如那两棵树,比如为啥要给亡人巫老贵开路。读到最后我们也没有弄清楚三十年前究竟发生了什么。不过有什么关系呢?"这是我父亲的阿尼卡,或者说是他们的阿尼卡。跟我无关。"近在咫尺的当事人都这么说,我们还操那份儿闲心干吗!

但我还是管不住自己的舌头,怎么也得冒句泡:我认为,《双蛇记》的落点绝不在赎罪,而在赎罪感建立起来的"回归"幻觉。该幻觉一刺就破,在阿尼卡的"骸骨",即《猛犸》的《神曲》式异象景观里,没有哪具魂魄能回到祖先的应许之地,除了居木魔帕。

哦,我忘了如实交代,居木魔帕是阿尼卡的灵魂使者,"他"起初爆发于《沉默》,《双蛇记》里显然还残留着"他"的遗迹。到了《猛犸》,"他"愤然飞回了祖先的座旁。居木魔帕—爷爷—阿隆索—巫老贵—爷爷—居木魔帕,至此包倬完成了他对阿尼卡世界的精神重构。这是一个闭环的轮回,也是一部围裹着人心的回忆录。回忆录的标题墨迹尚新:洛古拉达。

——无疑,爷爷阿拉洛配得上他的居所"洛古拉达"。无疑,只有那里还保存着让这个世界重获生命的水。爷爷在故事的开头就得到了水,而我们呢,是不是要等到另一个故事的开篇,才能叫回自己?

(王朝军,笔名忆然。文学评论家,鲁迅文学院第36期高研班学员,长江大学兼职教授。山西省作协首届签约评论家、第七届全委会委员,大益文学院签约作家、签约评论家,"钓鱼城"大学生中文创意写作大赛终评委。获2016—2018年度赵树理文学奖·文学评论奖。曾任《名作欣赏》副主编,现供职于北岳文艺出版社,副编审。《黄河》杂志"对话"专栏主持。发表文学评论、思想随笔若干。出版有评论专著《又一种声音》《意外想象》等。)

创作年表

小说集《风吹白云飘》,作家出版社2015年版。

小说集《春风颤栗》,作家出版社2016年版。

小说集《路边的西西弗斯》,安徽文艺出版社2019年版。

小说集《十寻》,北岳文艺出版社2022年版。

图书在版编目（CIP）数据

沉默 / 包倬著. -- 武汉：长江文艺出版社，
2023.12
（新世纪作家文丛. 第七辑）
ISBN 978-7-5702-3252-9

Ⅰ.①沉… Ⅱ.①包… Ⅲ.①中篇小说－小说集－中国－当代②短篇小说－小说集－中国－当代 Ⅳ.
①I247.7

中国国家版本馆 CIP 数据核字(2023)第 139351 号

沉默
CHENMO

责任编辑：李　艳　　王洪智　　　　责任校对：毛季慧
封面设计：颜森设计　　　　　　　　责任印制：邱　莉　胡丽平

出版：长江出版传媒　长江文艺出版社

地址：武汉市雄楚大街 268 号　　　邮编：430070
发行：长江文艺出版社
http://www.cjlap.com
印刷：武汉市首壹印务有限公司

开本：880 毫米×1230 毫米　　1/32　　印张：7
版次：2023 年 12 月第 1 版　　　　2023 年 12 月第 1 次印刷
字数：135 千字

定价：36.00 元

版权所有，盗版必究（举报电话：027—87679308　　87679310）
（图书出现印装问题，本社负责调换）